KB202322

DN짱과 아이들이 함께 엮은

학교에는 꿈꾸는 아이들이 있네

새로운사람들은 항상 새롭습니다.
독자의 가슴으로 생각하고 독자보다 한 발 먼저 준비합니다.
첫만남의 가슴 떨림으로 한 권 한 권 만들어 나가겠습니다.

DN짱과 아이들이 함께 엮은
학교에는 꿈꾸는 ♥♥
아이들이 있네

초판1쇄 인쇄 2006년 12월 19일
초판1쇄 발행 2006년 12월 22일

지은이 김덕년
펴낸이 이재욱
펴낸곳 (주)새로운사람들

편집실장 김승주
편집 양경아
디자인 장형규
마케팅 · 관리 김종림

ⓒ 김덕년, 2006

등록일 1994년 10월 27일
등록번호 제2-1825호
주소 서울 동대문구 신설동
　　　104-22번지 2층 (우 130-812)
전화 02) 2237-3301, 2237-3316
팩스 02) 2237-3389
http://www.ssbooks.co.kr
e-mail/ ssbooks@chollian.net
　　　ebam@korea.com
ISBN 89-8120-332-6(03810)

* 책값은 뒤표지에 씌어 있습니다.

DN짱과 아이들이 함께 엮은

학교에는 꿈꾸는
아이들이 있네

김덕년 지음

학교에 있는 모든 이들이 함께
예쁘게 자라는 꿈 이야기

새로운사람들

새로운 꿈을 기다리며

"공교육은 죽었다."

학교는 이미 사교육에 밀려 그 가치를 상실했다고 말하는 사람이 있다.

"학교는 죽었다."

사교육 시장을 돌아다니다 지친 아이들은 학교에서 부족한 잠을 보충한다. 대학 입시와 상관없는 과목은 배우기를 거부하고, 대학 진학에 필요 없는 과정은 모두 건성이다. 수행평가 과제물도 엄마, 아빠가 대신해 주거나 아니면 인터넷에서 내려 받아 제출한다.

"교학상장(敎學相長: 가르치고 배우며 함께 성장한다)"

우리 학교 현관에 커다랗게 걸려 있는 이 말. 교사와 학생들이 함께 가르치고 배우며 서로 성장한다는 뜻. 그저 좋았다. 넓고

아름다운 교정이 좋았고 아이들의 밝은 표정이 사랑스러웠다.

"학생이라서 행복해요."
10대와 똑같은 마음으로 공부하는 방송통신고등학교 학생이 수업시간에 한 말이다. 학생이라서 행복하단다. 나이가 무슨 상관이랴. 나보다 나이가 많은 분도 있고 어린 사람도 있지만 모두들 더없이 행복해 보였다.

이들을 보는 순간 죽은 줄 알았던 공교육이 숨을 쉬기 시작했다.

학교는 살아 있었다!
사교육 시장 어디에서도 가르치고 배울 수 없는 것. 교사인 내가 해야 할 몫을 깨닫는 순간이었다.
미소가 아름다운 교사가 아이들에게 고운 미소를 가르칠 수 있다. 학교는 튼튼하게 숨

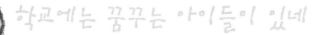

올 쉬고 있었다. 고운 꿈을 키우고 있었다.

마침내

"함께 꾸면 그 꿈은 이루어집니다."
우리 반(방송고 3-4) 학생들이 칸타스토리아 '함께 꾸는 꿈'
을 마치며 외쳤던 말이다.

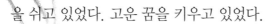

학교에 있는 모든 이들이 함께 예쁘
게 자라는 꿈. 그 소박한 꿈을 출판사
〈새로운사람들〉에서 곱게 엮었다. 이
제는 가족과 같은 출판사 식구 모두에
게 감사 드린다.

그리고

이 책의 모든 글과 그림은 우리 아이들과 함께 한 것이다. 모
두 제 일처럼 나섰던 아이들에게 이 세상 가장 큰 고마움을 풀

어놓는다. "언제 나와요?" 까만 눈동자를 반짝이며 묻던 녀석들에게 이 책을 바친다.

아이들이 행복한 세상을 꿈꾸는
DN짱 김 덕 년

들어가는 말/ 4

제1장 **진솔이들의 푸른 꿈**

제2장 네잎 클로버

도룩해! 수묘시 해뒤!!

수영이 수능위주다.

다루며, 수능에 맞춰 출판된다.

수능, 지침록 듣는대도

둘이 단! 한번의 시험으로 평가된다

제3장 어, 이거 지난 주에 깎은 거잖아

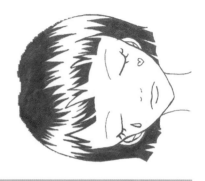

제4장 학교야, 학교야

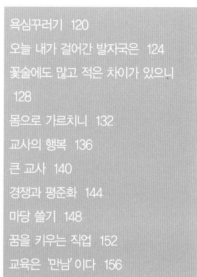

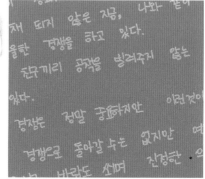

제5장 꽃술에도 많고 적은 차이가 있으니

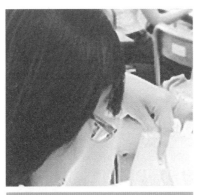

세상은 너무 크고
나는 너무 작았다.
그것이 내가 내린
세상에 대한 정의

선생님은 ___ 바다
선생님은 ___ 개그맨
선생님은 ___ 촛불
선생님은 ___ 나침반

1.

진솔이들의 푸른 꿈

김현지

1.

진솔이들의 푸른 꿈

나리

아이들이 빠져 나간 빈 교실은 적막하다. 교실 여기저기에 아이들의 흔적이 있지만 덩달아 내 마음도 적막해진다.

오전에 있었던 '장도식'은 시험을 치러야 하는 우리 아이들의 마음을 이상하게 흔들어 놓았다. 아무런 감정도 없는 녀석들이라고 생각했는데 후배들이 만들어 준 터널을 통과한 뒤에는 교문 앞에 모여 울음을 쏟아 낸다. 학급 담임들 역시 마음이 짠해져서 교무실로 들어가지 못하고 아이들의 모습을 지켜 보고 있다. 매일매일 속 썩이던 아이들이지만 지금은 모두 안쓰럽다.

'우리 아이들 시험 잘 보게 해 주세요.'

어느 누구의 기도가 이보다 더 간절할 수 있을까. 지나간 세월이 모두에게 스쳐 지나갔다.

손이래

우는 아이들의 무리 속에 나리가 보였다.

나리는 예쁘고 착한 아이였다. 어디서건 나를 보면 펄쩍 뛰며 손을 마구 흔들어 대는 귀여운 아이였다. 그러나 몸이 약한 편이어서 한 번 아프면 모질게 앓아 눈물 콧물 모두 쏟아 내고서야 일어나는 아이였다. 교실에서 헤어지기 전에 우리 반 아이들 모두 손을 잡아 주다가 나리 앞에 오니 벌써 눈 주위가 발갛게 변하며 눈망울이 촉촉해졌다.

"시험 잘 볼 게요. 잘 볼 거예요."

나에게인지, 제 자신에게인지 몇 번이고 말하더니 그제야 손을 놓았다.

아이들의 무거운 마음을 교실에 놓고 먼저 교문 앞으로 나오니 후배들이 양쪽으로 서서 인간 터널을 만들고 있었다. 우리 학교 사물패 '어울림'도 힘찬 가락을 내뿜고 있었다. 이윽고 아이들의 함성이 터져 나오며 박수가 요란하게 터져 나왔다. 자신이 시험의 주인공이 되었다는 것이 이제야 실감이 나는지 아이들의 표정이 복잡해졌다. 길고 긴 아이들의 행렬이 이어지고 우리 반 아이들은 끝 무렵에야 나왔다. 철없이 밝고 명랑한 아이들이지만 오늘은 그렇지 않다. 벌써 눈물이 그렁그렁 맺힌 아이들도 보인다. 덥석덥석 품 안으로 뛰어드는 녀석도 있고 그윽하게 나를 보는 아이도 있다. 나리는 그예 울음을 터뜨리고 말았다. 아이들도 모두 나리를 둘러싸고 운다. 여리고 착한 마음이 견뎌 내기에는 시험의 무게가 너무 무거웠기 때문이다.

식빵을 맛없게 먹는 모습에 내가 얼른 한 점 뜯어먹자,

"선생님, 드시고 싶었어요? 저 억지로 먹고 있는데…."

라며 투명한 눈망울로 나를 바라보던 나리는 늘 배고프다며 먹을 것을 입에 달고 다녔다. 미술 대학을 지원하는 아이라 다른 아이들보다 일찍 가면서도 어디서건 나를 보면 마구 뛰며 소리친다.

"선생님이다. 선생님!!"

항상 밝고 명랑한 나리는 추위를 유난히 많이 탔다. 옷을 얼마나 껴입는지 걸어 다니는 모습은 눈사람 같다. 나름대로 시험공부를 한다고 입이 부르트고 졸린 눈을 비비면서도 책을 보려고 했다. 그 누구보다도 악착같이 하면서도 마음이 너그러웠던 나리는 남에게 화를 낼 줄 모르는 아이였다.

시험은 이렇게 나리에게도 무거운 짐으로 다가왔다. 한참 동안이나 교문 앞에서 울던 아이를 보며 나는 교무실로 들어갔다. 내 마음에도 싸한 슬픔이 밀려왔기 때문이다.

추억 만들기

어두운 하늘 아래로 긴 동아줄이 내려왔다. 전래동화의 '해님달님' 이야기를 떠올리며 밧줄을 잡으니 위쪽에서 누군가가 줄을 풀기 시작했다. 또 어떤 녀석이 장난을 하나 보다. 3학년 2반 교실이었다. 예쁘장한 얼굴에 장난기를 가득 담은 녀석들을 떠올리며 가볍게 줄을 당겼다.

"어, 줄이 계속 내려가."

당황한 목소리를 들으며 천천히 당겼다. 4층까지의 높이가 만만치 않은데 어디에서 이렇게 긴 줄을 구했을까. 그리고 왜 이런 장난을 하고 있는 것일까. 어느 정도 당기니 녀석들은 낌새를 눈치챘는지 줄을 놓아 버렸다. 잠시 술렁이던 교실은 곧 조용해졌다.

다음날, 시치미를 떼고 앉아 있는 나에게 2반 반장인 민정이가 다가왔다.

"선생님이시죠?" "뭘?…."

견달애

"어제 우리 반 아이들이 동아줄을 내렸는데 선생님이 그 줄을 당기신 거죠."

아이의 얼굴을 보니 웃음이 나왔지만 내가 계속 시치미를 떼고 있으니 민정이는 고개를 갸웃거리며 교무실을 나갔다. 동아줄은 단체줄넘기를 하기 위해 체육부서에서 나누어 준 것이라 아이들은 곧 곤혹스러운 처지에 빠질 것이다.

"줄을 당기신 분이 선생님 맞죠?"

수업을 하기 위해 2반 교실에 들어가니 아이들이 난리이다. 여기저기에서 그때의 상황을 재현하며 자기들끼리 웅성댄다.

"선생님, 우리 줄이 없으면 혼나요. 제발 주세요."

"아마도 선생님 자리 뒤에 감춰 두셨을 거야."

한참 동안 실랑이를 하다가,

"그런데 줄을 왜 내린 거니?"

라고 물으니 아이들이 막 웃어댄다.

공부를 하다가 아이들과 과자를 먹고 싶어 돈을 모았다. 그리고 아라가 먹을 것을 사러 나가는데 줄이 눈에 보였다. 그냥 사 가지고 와서 먹기보다는 아래에서 줄에 매달아 올리면 더 재미있을 것 같았다. 그래서 줄을 길게 늘어뜨리고 아라가 과자를 매달면 끌어당기기로 약속하였다. 마침내 아래에서 줄을 당기며 신호를 보내 왔고 아라가 쉽게 매달 수 있도록 줄을 내렸다. 그런데 그 줄이 끝없이 내려가서 당황한 미정이는 다른 아이들과 함께 줄을 잡아당기기 시작했으나 곧 줄을 놓치고 말았다. 큰일났다고 생각하며 조용히 기다리고 있었지만 아무런 기척이 없었다. 나중에 1층으로 나가 보니 밧줄을 찾을 수가 없었다.

"학교에서 과자를 못 사 먹게 하는 것도 아닌데 왜 그랬니?"

"선생님, 추억 만들기예요. 재미있을 것 같았어요."

"4층 정도면 상당한 높이인데 줄은 어떻게 엮었니?" "원래 굵기보다 가늘게 풀었죠."

입시에 대한 강박관념으로 고3 아이들은 학교생활이 무미건조해지기 쉽다. 그러나 아이들의 자유로움은 이런 생활도 가벼운 유희로 만들어 헤쳐 나가는 것 같아 고마웠다. 밝게 웃는 2반 아이들의 모습이 더욱 예뻐 보였다. 또한, 건강하게 살아가는 모습이 고마웠다.

그런데 아이들은 그 어둠 속에서 줄을 당긴 사람이 나라는 것을 어떻게 알았을까. 얘들아, 나 또 궁금해졌어.

나비효과

새해 아침, 두식이에게서 전화가 왔다.

'유노알파'라는 그룹에서 드럼을 치는 녀석이라 지난해 무척이나 바쁘게 지내더니 그래도 제 담임이라고 잊지 않고 새해 인사를 보냈다. 녀석을 만난 지도 벌써 10년이다. 우리 아이들이 크는 모습을 보면 내 나이는 더불어 먹는 것 같다.

"선생님, 저예요."

언제나처럼 걸걸한 목소리로 자기 이름은 말하지 않고 대뜸 저라고 하는 녀석, 두식이밖에 없다. 내가 잠시 머뭇거리기라도 할라치면 "에이, 나 누군지 모르는구나. 그죠? 샘. 샘의 귀염둥이 두식입니다"라고 말하며 한참 동안 너스레를 늘어놓는다.

"그래. 어쩐 일이냐?"

"선생님, 저 전도사가 되었어요. 지금 부천에 있는 교회로 가는 길이에요."

고등학교를 졸업하고 신학대학으로 진학했지만 곧 드럼을 친다고 주머니에 드럼 채를 꽂고 머리는 노랗게 물들이고 다니던 녀석이라 전혀 뜻밖이었다.

"무슨 소리냐? 그럼 너 그룹은 어떻게 하고⋯."

가수 마야의 객원밴드로 나가기도 하고 여성 록커인 도원경과 함께 공연을 하는 등 '성직자 자제들 뭉쳤다' 라는 표제로 세간의 이목을 모으기도 한 '유노알파' 의 드러머인 녀석이 갑자기 전도사라니 놀랄 수밖에 없었다.

"네. 제 길이 아닌 것 같더라고요. 지난번에 며칠 금식 기도하면서 제 삶을 생각해 보니 하나님이 부르시는 길로 가는 게 맞는 것 같더라고요."

"그래도 이건 너무 놀라운 일인데. 세상에 이런 일도 있구나."

안양에서 교회를 개척하고 계시는 부모님이 기뻐하실 모습이 떠올랐다. 녀석의 변모가 너무나도 눈부셨다.

"이제는 전도사님이라고 불러야겠구나."

"에이. 선생님도. 아직은 교육전도사에요. 토요일과 주일에만 나가고 있죠."

그래도 나는 너무나도 놀라운 변화에 그저 고개만 끄덕이고 있었다.

유난히 많은 일로 나를 놀라게 한 두식이는 고등학교에 입학해서부터 나를 '삼촌' 이라고 하며 따랐다. 그리고는 몇 번의 가출과 흡연, 음주 등으로 학교에서도 문제아로 내놓을 정도였다. 수능 시험이 끝나고 나를 경찰서까지 불러내더니 검찰 앞에 각서를 써 주고서야 겨우 졸업을 시킬 수 있었다.

그러나 녀석의 행동 속에는 선함이 있었다. 눈빛이 선했고 마음
이 선했다. 졸업을 하고 나서도 불쑥 나타났다가 사라지는 녀석을
보면서 멀리 돌아 결국 자기 길을 찾아가는 모습에 감탄하기도
했다.

민음은 언젠가는 답이 온다. 특히 아이들에 대한 믿음과 사랑은
결국 큰 감동으로 보답 받는다. 그때가 언제일지는 아무도 모른다.
당장 내일일 수도 있고 아니면 내가 죽고 나서 다른 사람들이 대신
받을 수도 있다. 그래서 상처를 준 말 한마디는 무서운 결과를 낳
을 수 있다. 이를 나는 '교육의 나비효과'라고 말한다. 지금 두식
이의 작은 날갯짓은 먼 미래에 위대한 사랑을 낳을 것이다. 이 작
은 변화가 내게는 놀라운 기쁨이자 새해 선물이었다.

나비효과 ; 기도는 어느 째의 어느, 무엇이에보이는 현상 속에 예측 할게능하
현상도 내부에는 모은의 규칙적 질서가 숨겨진다는 이론.

바꿀 수 없는 과거
바꾸고 있는 현재
바꿀 수 있는 미래.

한수진

할 일이 없을까요

어느새 수능시험이 60여 일 앞으로 다가왔다. 시험이 다가올수록 아이들의 몸짓이 더욱 무거워진다. 이맘때가 되면 눈에 불이 켜지고 마음가짐도 달라진다. 쏟아지는 잠을 막기 위해 창틀에 올라가 책상다리를 하고 공부하는 아이가 있는가 하면, 복도 끝에 놓은 긴 의자에 자리잡고 책을 죽 펴고 있는 녀석, 복도 맨바닥에 '털썩' 주저앉아 밤늦은 시각까지 눈 비비고 있는 아이도 있다.

요즘 들어 부쩍 우는 아이들이 늘어났다. 상담을 하기 위해 마주앉으면 눈물부터 글썽인다. 2학기 수시를 쓰는 부산한 움직임 속에서 시험공부를 하는 것이 불안한가 하면, 다른 아이들은 그래도 안정적으로 무엇인가를 하고 있는데 자신은 아무것도 하지 못한다는 안타까움이 아이들의 눈물샘을 자극한다.

반면에 우리 민정이는 무엇을 해야 할지를 몰라 빈둥빈둥(?) 교실과 교무실을 왔다 갔다 한다.

나는 일부러 일을 모아
두었다가 민정이가 오면
반가운 마음으로 맡긴다.

다른 아이들의 질투를
미소로 받아넘기며
힘들었던 날들을
지혜롭게 지내온 아이다.

수시합격생들은 그들 대로
외로움을 탄다. 그래도 아무런
말을 못한다. 정이 필요한
더 많은 아이들이 있다는 것을
알기 때문에 입 다물고 만다.

by.미지

김미지

"선생님, 뭐 할 일 없을까요?"

"그래, 보자. 이것 좀 도와줄래?"

나는 일부러 일을 모아 두었다가 민정이가 오면 반가운 마음으로 맡긴다. 민정이는 곧 즐거운 표정으로 각 대학에서 보내 온 원서로 가득 쌓인 내 책상을 정리하기 시작한다. 요즘은 수시를 지원한 아이들의 서류를 보내는 일도 맡고 있다. 무엇이든 시키면 곧 밝은 표정으로 "네" 하고 대답하는 녀석이 갈수록 예뻐진다.

민정이는 1학기 수시 모집에 응시하여 합격했다. 다른 아이들의 질투를 미소로 받아넘기며 힘들었던 날들을 지혜롭게 지내 온 아이이다. 수줍어 아직도 자기 마음을 표현하지 못하고 있는 아이, 그러나 언젠가는 자기 속에 있는 고마움을 어머니께 모두 표현할 착한 아이이다. 이 세상 그 누구보다도 행복하게 살아야 할, 그리고 사랑스럽게 살아갈 아이이다.

"벌써 한 달이 지났네."

"네. 맞아요. 벌써 한 달이에요."

"그래, 한 달 동안 뭘 했니?"

"글쎄…. 아무것도 없는 것 같아요. 그냥 시간만 보낸 것 같아요."

처음 수시에 합격하였을 때에는 모든 일을 할 것 같았다고 했다. 하지만 어느새 한 달이 지나고 이제는 무엇을 해야 할지 막막하다고 했다. 오히려 다른 아이들처럼 예비 대학이라도 있으면 좋겠는데 자기가 합격한 대학은 그런 것이 없어 시간만 보낸다고 했다.

이래저래 고3 교실은 바쁘다. 정시 준비를 하는 아이들이 불안해하지 않도록 분위기를 만들어야 하고, 2학기 수시를 쓰는 아이들을 위해서는 각종 서류를 준비할 수 있도록 도와주어야 한다. 자기소개서, 추천서를 쓰는 일도 만만치 않다. 게다가 수시합격생을 위한 별도의 프로그램을 마련해야 한다. 당장 눈앞에 닥친 입시가 더욱 바쁘기에 수시에 합격한 아이들을 도와주는 일은 뒷전이다. 그래서 수시합격생들은 그들대로 외로움을 탄다. 그래도 아무런 말을 못한다. 정이 필요한 더 많은 아이들이 있다는 것을 알기 때문에 입다물고 만다.

민정이는 오늘도 내 옆에 앉아 있다. 억지로라도 일거리를 만들어 녀석에게 안겨 놓고서야 나는 일어선다. 이제는 새 세상으로 나가기 위한 준비를 시켜야겠다.

수진이의 가을

"전 어떻게 해요? 이러다 대학 못가면 어떻게 해요?"

수진이는 걱정이 많아 보였다. 수시에 꼭 써야 하는지, 2년제에라도 갈 수 있는 것인지 궁금증도 많았다. 아이의 성적을 보니 충분히 대학에 진학할 수 있는 성적이었다.

"아무 대학이나 막 지원하면 안 돼."

"왜요?"

"지금 성적이라도 2년제에는 충분히 갈 수 있어. 그런데 내신 성적으로 본다면 2학기 수시가 더 힘들 수도 있어. 그러니 열심히 공부해서 정시에서 가는 것이 훨씬 더 유리하지."

수진이는 갑자기 눈물을 펑펑 쏟았다. 자기 성적으로는 어디에도 못갈 줄 알았단다.

"인터넷 사이트에 상담해 보니 수능 시험에서는 지금보다 3등급이나 더 떨어진다고 했어요. 그럼 전 어디로 가요? 저 어떻게

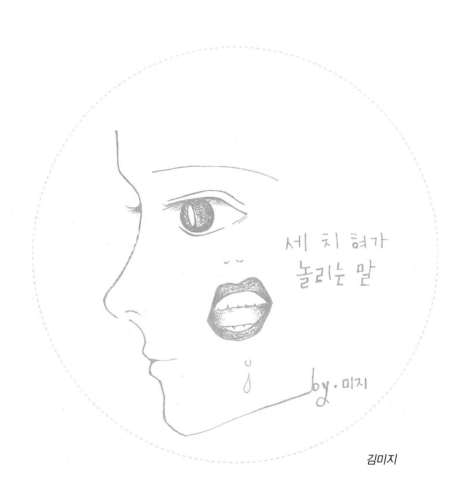

세 치 혀가
놀리는 말

by. 미지

김미지

해요?"

인터넷 사이트를 이용하여 입시 상담을 하고 지금의 자기 점수를 넣었더니 정시 예상 점수로 무려 3등급이나 더 떨어진 점수가 나왔다고 한다. 절망감에 눈앞이 깜깜해서 지내다가 2학기 수시에 써서 진학해야겠다고 생각했단다.

"3등급이나 떨어진다는 것은 좀 과장됐다. 아무리 졸업생들이 시험을 치른다지만 그건 상위 등급에 영향을 미치는 것이지 중하위권까지 영향을 미치지는 않아. 늦지 않았어. 지금부터라도 열심히 해. 괜찮아."

"선생님, 그러다가 저 멀리까지 가면 어떻게 해요?"

성적이 낮은 아이들은 수도권에 머물기가 힘들다. 점수에 따라 합 · 불합격이 결정되는 지금 제도에서는 점수가 낮은 아이는 점점 수도권에서 거리가 먼 곳의 대학에 진학해야 한다. 수진이의 걱정은 바로 그것이었다. 그러나 수진이의 성적은 그리 비관적이지 않았다. 그럼에도 불구하고 이맘때의 수험생들처럼 똑같이 홍역을 겪고 있었다.

바로 며칠 전, 우리 아이들은 담임교사와 함께 일제히 수능 원서를 작성했다. 그런데 다른 어떤 서류를 작성할 때보다도 틀리는 사례가 빈번했다. 담임들마다 "이제부터 틀리면 벌금을 물리겠다"라고 했지만 그래도 떨리는 손을 주체하지 못한 아이들은 계속 실수를 하곤 했다.

"저는 아무렇지도 않을 줄 알았어요. 그런데 왜 이렇게 떨리죠?"

"선생님, 저 시험 보러 어떻게 가요?"

제각기 떨리는 마음을 진정시키는 방법도 가지가지였다. 다른 어느 날보다도 복도가 소란했다. 복도를 걸어 다니며 아이들은 마음을 가라앉히고 있었다. 수업이 시작되어도 아이들은 가만히 있지를 못했다.

"제가 이러는 게 아녜요. 제 입이 가만 있지를 않아요. 그냥 막 떠들고 싶어요."

대학입학시험이 우리 아이들에게 주는 무게는 실로 엄청나다. 실패할지도 모른다는 절박감으로 고3의 가을을 보내고 있는 아이들이다. 아이들은 이래저래 안절부절못할 수밖에 없다.

자유로운
여름방학은
언제쯤에나

개학이 얼마 남지 않았다. 나는 올해 담임도 없고 학년부장을 맡지도 않았기에 다른 어느 해보다 여유가 많은 편인데 이상하게도 개인적인 시간을 가질 수 없었다. 아마도 내가 해야 할 보충수업 시간이 많아 심리적으로 쫓기기 때문은 아니었을까.

출근하면 바로 수업을 시작해서 내리 다섯 시간을 한다. 처음에는 쌩쌩하게 수업을 하지만 서서히 힘이 든다. 목소리도 이미 잠겨서 제 소리가 나지 않는다. 점심시간이 되기 전에 기운이 달려 몸은 축 늘어진다. 쉬는 시간 10분은 그야말로 황금 같은 시간이다. 그저 아무 생각 없이 말조차 하지 않고 앉아 쉰다. 왜 이리도 짧은지. 하지만 곧 종이 나고 다시 교실로 걸음을 옮긴다.

그나마 다행스러운 것은 이번 방학 동안에 맡은 아이들이 수업에 적극적이어서 한결 수월하고 재미있다는 점이다.

"자, 그럼 이 작품은 어떻게 이해할까? 한 아리따운 여자가 봉숭

최혜란

아물을 들이는 모습이 떠오르지 않니?"

내 말이 떨어지기가 무섭게 아이들이 대답한다. 맞고 틀리고는 그다지 중요하지 않다. 아이들은 어떻게든 수업에 참여하려고 하고 나는 또 그 모습에서 힘을 얻는다.

"그런데 어쩜 옛날이나 지금이나 봉숭아물 들이는 것은 똑같을까?"

몇몇 아이들은 봉숭아물을 들인 자기 손톱을 본다. 나는 그 아이의 손톱을 보면서 한마디 더 한다.

"손톱에 봉숭아물이 남아 있을 때 첫눈이 내리면 사랑이 이루어 진데. 그런데 이렇게 뜨거운데 첫눈이 언제 오지?"

교실에는 아이들의 웃음이 넘쳐난다.

연일 폭염이 기승을 부리지만 우리 교실에서는 힘을 쓰지 못하는 이유가 아이들의 생기 때문이다. 계속되는 수업에 지친 내 마음을 다시 다잡게 만드는 것도 우리 아이들이고 수업교재를 보면서 좀더 이해하기 쉬운 방법을 찾게 하는 것도 우리 아이들이다.

그런데도 이렇게 생기 있는 아이들과 함께하는 방학 중 보충수업이 그리 편치 않았던 까닭은 무엇일까. 그것은 수업하다가 문득 내다본 학교 운동장의 하얀 폭염 때문이었다. 갑자기 내리쬐는 햇볕을 피해 시원한 교실에서 수업하는 우리 아이들은 여름에 대한 어떤 추억을 간직하고 있을까가 궁금해졌다. 매번 여름방학이면 교실에서 보충수업을 하는 아이들이 언제 들로 산으로 돌아다니며 옥수수가 쑥쑥 크는 모습을 볼 것이며, 멱 감는 또래 아이들의 건강한 맨살을 볼 것인가. 뜨거운 햇살 아래 땀을 훔치며 시냇물에 담가 둔 수박을 깨먹기도 하고 시원한 원두막에서 뭉게구름을 보며 파란 하늘에다가 자기의 미래를 그릴 수 있을 것인가.

 담장 아래 핀 봉숭아를 함께 뜯어다 물을 들이며 조선시대 여인의 심정을 같이 나누는 수업은 우리에게는 요원한 일일까. 수진이와 주은이가 나란히 곱게 물든 손을 펴서 환하게 웃는 모습을 보는 일이 그렇게 어려운 일일까. 교사는 아이들의 여유를 함께 즐기며 그들이 꿈을 키워 갈 수 있도록 배려하는 것이 과연 불가능한 일일까. 삶의 지식이 죽은 문자로만 익히는 것이 아니라면 여름방학 기간만이라도 우리 아이들이 교실에서 벗어나 저 뜨거운 태양 아래에서 훨훨훨 자유롭다면 좋겠다. 꿈돌

말레이시아의
한국 고등학생
효주

며칠 동안 말레이시아의 고등학교를 방문할 기회가 주어졌다. 공교롭게도 심한 독감에 걸려 몸이 좋지 않았지만 우리나라 학생들과 외국 학생들의 생활을 비교할 수 있는 좋은 기회이기에 무리를 해서 참여했다. 독특한 인종구성과 교육제도 때문에 우리와는 다른 모습을 볼 수 있는 좋은 기회였다.

무엇보다도 나는 현재 고등학교 2학년인 효주를 만난 일이 가장 인상적이었다.

효주는 어려서는 중국에서, 그리고 지금은 전 가족이 말레이시아로 오면서 효주의 학교도 여기가 되었다. 한국의 교육은 받지 못했지만 같은 말을 쓰는 사람을 만났다는 사실이 반가운지 웃음을 잃지 않았다.

"이 학교에 다른 한국인도 있나요?"

"많아요. 한 30% 정도는 되는 것 같아요."

재외공관원 가족 외에도 한국 학교에 적응하지 못하고 오는 학생들도 상당수 있다고 했다. 그러나 그들은 비싼 기부금을 내고 입학해야 하는데 그나마도 적응에 실패하여 다시 돌아가는 학생도 많단다.

　"한국의 교육제도에 적응하지 못하고 일종의 도피성 유학을 오는 학생들의 경우는 이곳에서도 많은 문제를 일으키곤 해요. 물론 가이던스 제도를 도입하여 학생 한 명마다 가정상담사를 하나씩 붙이기는 하지만 이미 한 번의 실패를 맛본 친구들이라서 더 쉽게 포기하는 것 같더군요."

　전 가족이 다 이주를 하는 경우보다는 자녀의 교육을 위해 어머니만 자녀를 데리고 오는 경우가 실패의 확률이 높은 것도 특징이라고 말하면서 효주는 '기러기 엄마'라는 표현을 썼다.

　"단순히 '영어만 배우자'라는 생각으로 외국인 학교에 입학하는 경우가 있는데 이런 경우는 거의 다 실패할 가능성이 높아요. 말레이시아의 교육제도는 참으로 독특해서 4년제 대학에 들어가기 위해서는 고등학교 3학년을 마치고 A 레벨의 자격시험에 통과해야 해요. 그런데 우리 학교는 2년 과정이고 졸업하고 나서 얻을 수 있는 시험 자격은 O 레벨이죠. 이 자격으로는 전문대학에 입학할 수 있을 뿐입니다. 그러니까 1년 더 본인의 노력이 필요해요. 이 과정이 무척이나 어렵죠."

　효주는 학교에서 모범학생으로 뽑혀 행사가 있으면 특별한 재킷을 입고 학생들의 생활지도를 하고 있다.

　"우리나라 고등학생들은 아침 8시부터 저녁 10시까지 공부하는 사실을 알아요?"

효주가 옆에 같이 있던 인도네시아 학생에게 통역해 주니, 그 학생은 크게 놀라는 눈치이다. 농담 아니냐며 재차 확인하고는 고개를 설레설레 흔든다.

"한국? 당연히 들어가고 싶어요. 옷도 예쁜 것이 많고, TV도 재미있는 프로그램이 많잖아요. 여기는 그렇지 않아요. 태어나서 한국에서 지낸 시간은 전부 6개월밖에 되지 않아요. 대학은 한국으로 가면 좋겠어요."

효주의 꿈이 꼭 이루어지기를 바란다고 말하고 한국에서 다시 만나면 좋겠다고 말한 뒤 악수를 하고 헤어졌다. 돌아 나오는 우리 뒤에서 인도네시아 학생, 인도 학생과 말레이어와 영어로 말하며 장난을 치고 있는 효주에게서 우리 아이들의 모습이 겹쳐 보였다.

최예솔

공교육이 바로 서야 하는 이유

수업은 시작했지만 영길이는 고개를 들지 않았다.

흔히 수능시험이 가까워지면 고3 교실은 긴장감이 넘치리라 생각하지만 정작 학기초보다 더 힘들어진다. 교실마다 대학이 결정된 1학기 수시합격생과 2학기 수시모집에 응시한 학생들, 그리고 정시에 전력을 다해야 하는 학생으로 나누어진 교실구성원들에게 수능 위주의 수업은 호응받기 어렵기 때문이다. 그렇다고 다른 방식은 곤란하다. 당장 눈앞에 있는 수능 시험을 외면할 수도 없다.

그러나 영길이는 합격생도 아니고, 2학기 수시에 원서를 낸 학생도 아니었다.

"많이 졸리니?"

몇 번 흔들어서야 겨우 눈을 뜬 영길이는 나를 보더니 흠칫 놀라 정신을 수습한다. 하지만 곧 쏟아지는 잠의 무게를 견디지 못하고 엎드린다. 내 목소리가 약간 올라갔다.

"사실은 어제 밤새도록 아르바이트를 했어요."

"아르바이트? 아니 고3이 무슨 아르바이트야?"

수능 시험이 코앞인데 아르바이트로 밤을 샌다는 사실은 쉽게 이해되지 않았다.

"일주일에 나흘은 밤을 새워요. 학교 수업이 끝나면 바로 편의점으로 가서 거기서 일하고 바로 학교로 달려오죠. 잠은 이렇게 자는 수밖에 없어요."

무슨 사정이 있겠다 싶어 일단 대화를 멈추었다. 그리고 수업이 끝나자마자 영길이 담임선생님께 물어 보았더니 가정 형편이 너무 어려워 영길이가 돈을 벌어야 한다고 했다. 학비 보조를 받고 있지만 부모님들이 모두 집을 나간 상황에서 동생과 함께 살아가기 위해서는 무슨 일이라도 해야 생활비를 벌 수 있기 때문이다. 대학원서비도 낼 형편이 되지 못하지만 그래도 대학은 가고 싶다며 열심히 공부하는 영길이가 안타까울 뿐이라고 했다. 마침 교내에서 2학기 교직원 장학생 추천을 받고 있었다. 그러나 이미 다른 장학금이나 국가지원을 받는 학생은 규정상 제외되었다.

"그래도 우리 한번 추진해 봅시다. 일단 다른 담임선생님들과 의논해 보고 전교직원의 동의를 얻어 봅시다. 이런 학생을 도와야지 누구를 돕겠어요."

담임교사와 나는 추천서를 쓰고 교사들 설득을 위해 바쁘게 움직였다. 다행히도 모두들 우리의 뜻에 동의해 주었고 영길이는 교직원 장학생으로 추천이 될 수 있었다. 그래야 겨우 30만 원이 조금 넘는 돈이다. 우선 급한 불을 끌 정도이다.

넘치는 사교육의 혜택을 받는 아이가 있는가 하면 당장 먹을거리도 없는 영길이 같은 아이도 우리 주위에는 많이 있다. 충분한 사교육으로 선행학습이 잘 되어 있는 아이들과 경쟁해야 하는 많은 영길이를 돌보아 하는 것이 공교육이 바로 서야 하는 이유 중 하나이다. 그들에게 사교육을 많이 받은 학생들과 똑같은 교육의 기회를 준다면 분명 창의적인 재능을 마음껏 발휘할 소중한 우리의 미래이기 때문이다.

오늘 아침 영길이는 한층 밝았다. 학교도서관에서 빌려 온 데생 책과 자기 손을 유심히 관찰하며 스케치를 하는 모습이 한결 편안해 보였다. 꿈돌

손이래

학교야, 훨훨 날자꾸나

지난 만우절, 교실에 들어가던 나는 무언가 이상한 낌새를 느끼고 발을 멈췄다. 교실 배치가 달라졌기 때문이다. 분명 화장실을 지나서 3반 교실이 있어야 하는데 그렇지 않다. 빙그레 웃으며 학급 팻말을 뽑았다.

"여기가 화장실이면 너희들은 뭐니?"

"변기요."

웃음소리가 커졌다. 어디에 저런 재치가 숨어 있었을까. 재치 만발이다.

"어떻게 그렇게 생각했니? 대단한데."

"우리가 변기란다. 그래 자주색 변기가 서른 개나 되네. 하하하."

한 번 터진 웃음은 끊어질 줄 몰랐다.

아이들의 생각은 참 유쾌하다. 일정한 틀에 얽매이지 않는다. 생각을 끝없이 확대하여 새로운 세계를 만들어 낸다. 마치 날이 갈수록 더 짙어지는 5월의 신록 같다. 이런 아이들이 있기에 학교는 행복하다.

최근 우리에게 들려 오는 교육 소식은 어수선하다. 교사가 자살을 했다더니 이번에는 무릎 꿇은 교사 동영상이 온 나라를 휘젓고 다녔다. 그러나 그것도 잠시, 교실에서 학생이 교사를 폭행했다는 기사가 연이어 인터넷에 올라온다. 교권이 땅에 떨어졌다며 여기저기서 혀를 차는 소리가 들린다. 여기에서 그치지 않았다. 고교 학생회장인 아들이 교육감상을 받지 못한 데 불만을 제기하던 학부모가 자신이 낸 불법찬조금과 성적조작 등 학교 비리 의혹을 폭로하고 나섰고, 학부모단체와 교사단체의 갈등 소식도 들려 온다.

이 지경이 된 까닭은 무엇인가. 그것은 교육을 대하는 우리의 시선이 왜곡되었기 때문이다. 고등학교까지의 교육이 대학에 들어가기 위한 입시공부 위주로 진행되면서 교사는 단순한 지식 전달자가 되고, 학교는 입시공부를 하는 곳으로 바뀌었다. 그러다 보니 공교육이 감당해야 할 몫은 사라지고, 사교육과 치열한 경쟁을 하면서 학부모와 아이들은 학교와 학원을 구분해야 할 필요성을 느끼지 못하게 되었다. 밤늦은 시각까지 학교에서, 학원에서 대학입시를 위한 공부를 하는 학생들에게는 문제 풀이를 잘하는 방법을 가르쳐 주는 교사가 최고가 되지만 잔소리를 많이 하는 교사는 기피 대상이 된다.

요즘 학교는 무척 힘들다. 사교육과의 한판 싸움에서 만신창이가 된 몸으로 이제는 적대적으로 대하는 학생, 학부모와 맞서고 있다. 서로가 서로를 누르고 이겨야 한다고 생각하며 끝없는 싸움을 하지만 이 싸움에는 승자가 없다. 오히려 우리 아이들에게 심각한 상처를 남길 뿐이다. 아이들이 입은 상처는 우리의 아픈 미래가 될 것이다.

교육은 교사만 하는 것이 아니다. 학생, 학부모들과 교사가 함께 머리를 맞대고 궁리를 해야만 올바른 교육이 가능하다. 쾌적한 교육 환경을 위해 모두 발 벗고 나서야 한다. 정부와 지자체는 교육을 위한 지원을 최대한 늘려야 하며, 교육의 세 주체인 학생, 학부모, 교사들은 인성과 지식을 겸비할 수 있는 교육 프로그램을 개발하기 위해 노력해야 한다. 아이들 하나하나를 소중한 생명으로 보고, 그 아이의 꿈을 이룰 수 있도록 관심과 배려를 아끼지 말아야 한다. 학교가 훨훨 날아오를 때 우리 아이들의 미소가 더 환해지고, 덩달아 학부모와 교사의 마음도 가벼워질 수 있다.

손이래

2.
네잎 클로버

김현지

2.
네잎 클로버

아주 특별한 체육대회

갑자기 마이크를 통해 흘러 나오는 목소리가 높아졌다.

"아니, 갑자기 튀어나온 퍼머머리의 저 아주머니는 누구입니까? 이게 무슨 일입니까?"

선생님들의 계주가 시작되자 아이들의 응원소리가 높아지는 가운데 여장을 한 걸 선생이 운동장을 따라 달리기 시작했다. 아이들의 자지러지는 비명소리가 5월의 하늘로 높게 올라가는데 이번에는 또 다른 분이 여장을 하고 운동장을 달리기 시작했다. 품에 안은 오렌지를 아이들에게 나누어 주며 달리는 이 선생을 아이들은 흥겨운 미소로 반겼다. 마지막으로 여학생 교복을 입은 김 선생이 뛰기 시작하자 아이들은 물론이고 처음에는 놀란 표정으로 이 모습을 보던 학부형들까지도 웃음의 대열에 함께하였다. 평범한 체육대회가 학생, 학부모 그리고 교사가 하나 되는 대동축제로 마무리되어 모두들 흥겨운 가운데 막이 내리는 순간이었다.

홍범지

"선생님, 이번 체육대회에는 아이들에게 무언가 기억에 남을 수 있는 추억거리를 선물하고 싶어요."

"체육대회 자체만으로 아이들에게는 흥겨운 잔치임에는 틀림없습니다. 하지만 교사와 함께하고 교사들의 모습을 통해 아이들이 즐겁게 기억할 만한 행사는 별로 없었습니다. 그래서 우리가 무언가 특별한 일을 만들면 어떨까요?"

하루 전날 3학년 선생님들이 모인 자리에서 견 선생이 서두를 꺼내자 곧 이어 그 나이 또래의 젊은 선생들이 적극적으로 의견을 내면서 우리들의 이벤트는 시작되었다.

"우리의 몸은 체육인이지만 마음은 예술인이랍니다."

비록 체육대회 예선에서 전종목 탈락하고 더구나 연합반이 함께 출전한 계주는 후배들이 역전해서 1등을 하면 우리 반 아이들이 뒤쳐지기를 거듭하다가 마지막 주자가 그만 넘어지는 바람에 어이없이 탈락하였지만 아이들은 즐거워하였다.

"애들아. 어떻게 다 탈락하니?"

"우리가 오죽하면 체육을 선택하지 않았겠어요."

하긴 그렇다. 여학생들 중에는 운동장에 나가기 싫어하는 아이들이 있는데 바로 우리 반 아이들이 그렇다. 다른 반 아이들은 그래도 1주일에 2번 정도는 운동장에서 체육 수업을 하지만 우리 반 아이들은 음악이나 미술을 선택하였기에 그 동안 우리 반은 운동장에 나갈 기회가 적다.

"야, 우리, 후배들한테 미안해서 어떻게 해?"

또 목소리가 커진다. 응원을 열심히 해서 응원상을 받게 해 주자는 둥 다른 경기에 더 열심히 뛰자는 둥 봄 들녘에 새싹이 우르르 나오는 것처럼 여기저기에서 아이디어가 툭툭 터져 나오는 가운데 예쁘장한 아라가 교실 칠판 가득 무얼 쓰고 있다.

"우리 후배들한테 아이스크림 사 주자. 한 사람 앞에 500원씩 내면 돈이 모자라거든. 나머지는 아라가 낼게."

와글와글 시끄럽던 아이들이 조용해진다.

"아라야. 왜 네가 돈을 더 내는 거야."

"응. 내가 그만 넘어졌잖아. 나 때문에 졌으니까 내가 내야지."

계주 선수로 달리다가 넘어져 다치기도 했으면서 녀석은 넉넉한 미소로 아이들에게 말했다. 아라를 볼 때마다 새로운 모습을 발견하고 감탄했는데 녀석은 큰마음으로 더 놀라게 한다. 오늘은 우리 반 아라 덕분에 더 흐뭇한 하루가 되었다.

입시중독증

"무시는 무엇이고, 배려는 무엇일까?"

저녁을 먹던 아내가 묻는다.

배려와 무시의 차이. 고양이와 개의 만남과 같이 서로 오해가 생기고 마침내 벽이 만들어지는 경우도 있으니 이 배려와 무시의 차이를 알아내는 것도 좋은 대화거리였다.

"글쎄, 그건 자존심 문제가 아닐까? 상대방의 자존심을 건들지 않을 때에는 배려이고 자존심을 건들면 무시가 되는 거지."

"아니야. 그렇지 않은 경우도 있잖아. 분명히 나는 상대방을 고려해서 한 행동인데 상대방은 막 화를 내는 경우도 있으니 말이야."

"야. 이건 좋은 주제다. 심층 면접의 토론 주제로 좋겠다."

대입의 전형 방법에는 논술시험, 구술시험, 적성시험이 있는데 그중 구술시험에는 토론이 마련되어 있는 경우도 있다. 토론에서는 서로의 가치관을 확인할 수 있는 주제를 많이 설정하게 된다. 그래서 배려와 무시라는 주제는 서로의 입장에 따라 토론이 계속 이어갈 수 있을 것 같았다. 머리 속으로 재빨리 이 주제를 정리하기 시작했다.

"왜 아무 말도 안 해. 나를 무시하는 거야?"

아내가 웃었다. 머리 속으로 정리를 하다 보니 대화가 끊긴 것이다.

"아냐. 머리 속으로 정리를 하느라 그랬어."

"크. 당신도 입시중독증이다."

대화를 하다 말고 토론의 좋은 주제라며 입시와 연결하여 생각하는 남편이 참 어이없어 보일 만도 하다. 더구나 그것이 바로 대입과 연결하여 토론의 좋은 주제라고 문제로 만들 궁리를 하고 있으니 한심해 보일 법도 하다.

"그러네. 나도 입시 중독이네. 하지만 이건 너무 좋은 주제가 될 수 있을 것 같아. '배려와 무시의 차이' 정말 괜찮은데."

"가치를 가르쳐야지. 모든 것을 대학 입시와 관련지어 풀어 나가면 어떻게 해."

"고3 교실에서 대학입시와 관련짓지 않으면 아이들이 잘 안 들어."

"하긴 그렇겠다."

식사를 하다 말고, 대화를 나누다 말고 대입에 나올 수 있는 좋은 주제라며 아이들에게 전할 방법을 궁리하는 남편이 곱게 보일 리가 없지만 아내와 나의 대화는 끝이 나지 않았다.

'입시중독증' 이라는 말은 내내 머리 속에서 떠나지 않았다. 아이들에게 참된 지식을 가르치고자 이 길로 들어섰지만 지금은 오히려 그와는 정반대의 길을 가고 있으니 나 역시 입시 병을 앓고 있는 환자이다. 부정하래야 할 수 없는 사실이다. 아니라고 변명을 해보지만 그리 큰 힘을 보이지 않는다. 입시중독은 병이다. 그것도 큰 병이다. 이 병은 많은 아이들의 미래를 어둡고 왜곡되게 만든다. 환자가 아닌 사람이 가르쳐도 아이들이 헤어 나오기에는 힘든 현실인데 중증환자가 가르치게 되면 아이들의 장래는 분명 기형이 되고 말 것이다. 이제는 나도 요양을 하며 나를 치료하여 다시 밝게 아이들 앞에 서야겠다. 서로의 환한 웃음으로 수업시간이 환하게 될 때를 꿈꾸어 본다.

'이번 수능에 나올뻔거나?' 꼭 입어두곳돌하! 중요표시 해둬!'

수업시간에 선생님들이 하시는 주문 일들이다. 수업이 수능위주다.

문제집도 그 정면에 출제된 작품을 먼저 다루며, 수능에 맞춰 풀판된다.

고등학교 3년 내내 지겹도록 듣는 이름... '수능' 지겹도록 듣는데도

아직 낯설기만한 이름이다. 12년 동안 공부 한것들이 단! 한번의 시험으로 평가된다.

고등학교 2년동안은 수능에 나온 내용들을 마침들이 이해하고 , 외워 가며 모내고

나머지 마지막 1년은, 수능유형을 익히기 위해 수능기출을 풀고 , 한달에 한번

모의고시를 모아가며 , 감각을 익히기 위해 노력하는 ' 대한민국 수험생들 '

공부를 해도 , 수능이라는 시험앞에서 겁먹고 긴장하는 ' 대한민국 수험생들 '

수능 보는날 v언대년이 시험에 미치는 영향은 90%!! 다그짓말이 아니다! 그

난 한번의 시험으로 열심히 공부한 아이들 평가하는것이 정말 옳은 것일까?'

수능원서를 쓰는것도, 온은 주제 못하고 떠는 고3 학생들인데....,

수능을 본순간! 답이나 고정하고 떨며 , 답안지를 수도 없이 바꾸며, 시험을 본거가

나도 네명이면 수능이걸 시험을 봤겠지....) 우리나라의 교육제도를 비판하므로

생각하면서도 뒤지지 않기위해, 최선을 한다. 언제쯤 우리나라의 교육제도가

바뀔까? 하루 빨리 바뀌어야 한다. 대한나라의 희망은 더 똑똑해지면서... 교육제도는 뒤에!!

이랑

뻣뻣한 길 안내자

수능 시험이 끝났다.

올해는 언어영역이 쉽게 출제되고 나머지는 어려운 바람에 아이들의 희비가 엇갈리고 있다. 아니나 다를까 성적 비관을 이유로 자살을 한 학생이 생겨나고 수능 날 이후부터 계속해서 눈물바람을 하는 아이도 있다.

민정이도 예외는 아니었다.

평소에 열심히 공부를 했던 아이라 성적이 잘 나오리라 은근히 기대를 했지만 아쉽게도 탐구영역에서 만족할 만한 성적이 나오지 않았다.

"저, 그래도 열심히 했어요."

정시에 지원할 때 탐구 점수가 네 발목을 죄게 될 것이라고 말하니 아이는 눈물을 뚝뚝 흘리며 이렇게 말했다. 그 아이가 어떻게 살아왔는지, 무슨 생각을 하며 지냈는지에 대해서 궁금해 하는 사람은 별도 없다. 수능 시험이 끝나면 대부분의 어른들은 학생들에게 수능 점수를 묻게 되고 어느 대학에 지원할 것인가에만 관심을 준다.

"아이와 대화를 많이 나누세요. 점수야 어차피 결정이 났을 테니 부모님께서 아이의 점수에 눈높이를 맞추셔야 합니다. 기대치를 높게 하면 계속 실패를 맛보게 됩니다."

수능이 끝나자마자 걸려 온 학부모의 전화에서는 아이의 점수에 갈 수 있는 대학이 어디냐고 묻는 말 속에 가느다란 한숨이 묻어 나온다. 아직도 학부모의 마음에는 조금 더 좋은 대학에 대한 기대가 숨어 있었다.

그러나 이제 주사위는 던져졌다.

그 동안 수고한 아이들에게 점수는 주어지게 될 것이고 전국적으로 대학 입학을 향한 경쟁이 더 가열차게 전개될 것이다. 우리 아이들의 삶이 어떠했는지, 그 아이가 지니고 있는 생각의 올곧음과는 전혀 상관없는 싸움이 이 땅에서 벌어질 것이다. 모든 아이들을 한 줄로 세워 학벌 세계로 편입시키기 위해 교사인 나를 비롯하여 학부모들까지 우리 아이들을 닦달하고 있는 것이다.

오늘 민정이는 학업계획서를 쓰기 위해 나와 얘기를 나누는 중이었다.

"어디에서 쓸까요?"

"집에서 쓰든지, 아니면 도서관에서 쓰든지 네 편한 대로 하렴."

"집에는 안 들어갈 거예요."

아이는 마음고생이 심했는지 또다시 눈물을 주르륵 흘린다. 충혈된 눈동자 속에서 그래도 웃음을 보여 주는 아이의 모습이 대견 무엇보다도 본인이 우선 실망하게 되고 좌절의 나락으로 빠져들게 되는데 또다시 아이에게 상처를 주었다. 가능한 곳이 어디인지 찾아 아이에게 길을 보여 주어야 할 텐데 자꾸만 나의 아쉬움만 늘어놓았다. 누구보다도 힘들어 할 아이의 마음은 아랑곳하지 않은 채 나는 또 한 번 아이의 상처를 덧나게 하고 있었다.

　교사는 길을 안내하는 사람이다. 다가와 길을 묻는 사람에게 친절하게 편하고 가까운 길을 안내해야 한다. 아직도 나는 그러한 친절이 서투르다. '그것도 몰라.' '그 정도는 알아야지.' 추상적이면서도 억압적인 말로 길 안내를 다했다고 생각한다. 초행길을 가는 사람에게는 더 구체적이며 자세하게 가르쳐 주어야 한다. 하지만 나는 그저 뻣뻣하게 서서 손가락을 들어 가리키기만 하고 있었으니 우리 아이들은 얼마나 답답했을까.

정별

네잎 클로버

지금까지 나는 다른 사람의 도움을 유난히 많이 받은 편이다. 아무리 어려운 일이라도 누군가의 도움을 받아 헤쳐 나오곤 했다. 절망적인 상황이 되어도 낙관적일 수 있는 것도 이렇게 남다른 행운 때문이었다. 이러한 나의 행운을 혼자서 누릴 수는 없었다. 내가 누리는 이러한 행운을 우리 아이들에게 나누어 주면 좋겠다고 생각했다. 그런데 어떤 방법이 있을까. 바로 네잎 클로버를 전해 주는 것이다. 그때부터 나는 네잎 클로버를 찾아 나섰다.

교정의 여기저기를 돌아다니다가 토끼풀(클로버)이 무더기로 자란 곳이 있으면 허리를 굽혀 네잎 클로버를 찾는다. 특히 아이들이 힘없이 앉아 있을 때면 이러한 나의 행동은 더 잦아졌다. 기도하는 마음으로 클로버를 주시하다 보면 꼭 하나씩 눈에 띄게 된다. 그러면 나는 그것을 따고 그 자리를 떠났다. 더 욕심을 내면 그것은 행운이 아니라 가식(假飾)이기 때문이다. 그리고 아이들에게 내가 찾

백진주

은 네잎 클로버를 전해 주고 힘을 내라고 말해 주었다. 행운이 오기를 빌어 주었다. 이러한 나의 행동이 우리 아이들에게는 큰 격려가 된 것 같았다. 주로 고3 아이들을 담임하다 보니 내 나름대로 아이들의 억눌린 마음을 풀어 주는 방법의 하나로 아이들에게 네잎 클로버를 주기 시작했는데 그게 벌써 몇 년이 되었다.

지금도 나는 우리 아이들에게 줄 네잎 클로버를 찾아 다닌다. 풀밭을 그냥 지나치지 못하고 꼭 그 앞에서 한참 동안 서 있게 된다. 그 동안 학급 담임을 맡았을 때는 먼저 우리 반 아이들에게 네잎 클로버를 건넸다. 고3이라는 아픈 시간을 견디고 좋은 열매를 맺기를 바라는 간절한 마음을 담고 나의 행운까지도 온전히 아이들에게 전해지기를 바라며 네잎 클로버를 전해 주면 아이들은 상큼한 미소로 답했다. 그런데 올해는 담임 없이 고3 부장을 하다 보니 가장 먼저 만나는 아이에게 클로버를 전해 주게 된다. 꽤 많은 아이들에게 네잎 클로버를 건넸다.

"어디에서 이렇게 많이 찾으세요? 매일 하나씩 주시는 것 같아요."

아이들은 궁금해 하면서도 네잎 클로버를 소중히 간직한다. 아이들이 기뻐하는 모습을 보면 나에게도 행복감이 밀려온다. 우리 아이들이 이 힘든 고비를 잘 넘기고 소중한 하나의 생명으로 멋지게 살아간다면 그것으로 나의 역할은 끝난다.

최근 들어 우리 사회는 교사에게 많은 것을 요구한다. 그중 많은 학부모와 학생들은 교과목을 잘 가르쳐 주는 교사를 가장 원하고 있는 듯하다. 그러나 꼭 그렇지 않다. 대학입시가 아무리 중요하다고 해도 공부만 잘 가르치는 교사는 아이의 삶에 그리 큰 변화를 줄 수 없다. 진정한 스승이란 아이들의 마음을 어루만질 줄 아는 사람이다. 그리하여 그 마음을 변화시키고 그 아이가 인생을 풍부하게 살아갈 수 있도록 한다. 우리 사회가 올바른 삶의 공동체가 되기 위해서는 이러한 스승이 많아야 한다.

　나는 애당초 참된 스승이 되기에는 많이 모자라니 지금까지 해온 대로 그저 네잎 클로버를 전해 주며 그 아이가 힘든 현재를 슬기롭게 넘어가기를 바랄 뿐이다.

박 선생의 상처

'교직에 처음 나왔을 때 저는 꿈이 참 많았습니다. 물론 지금도 꿈이 있고 실천하려고 노력하고 있어요. 하지만 요즘은 교직이 이런 곳인가라는 회의감이 드네요. 서로 이기적인 생각으로 상대방에게 피해를 주고 진지하게 상의하고 타협점을 찾는 것이 아니라 지시와 명령이 만연하는 곳. 그리고 순순히 맡은 일을 열심히 수행하는 사람이 인정받기보다는 이용당하는 곳.'

또박또박 적어 내려간 글자가 흔들려 있다. 자신의 감정을 미처 추스르지 못해 물기마저 묻어나는 편지 속에 참으로 많은 말이 숨어 있었다.

서로 안 하겠다고 미루던 고3 담임에 마음 여린 박 선생이 배정된 것은 바로 며칠 전이었다. "저는 후보군에도 끼지 못한 것으로 아는데 어떻게 갑자기 고3 담임으로 배정되었나요?"

항상 예쁜 미소를 잃지 않는 박 선생이지만 당혹스런 제안에 얼

아무리 슬프도 울지 말고 즐겁지 않아도 억지로라도 지으면 더욱 생생하지 않기

이 말들은 나에게 생각히 익숙하고 좋아한다.
나는 의도적 행동하지 않으면 학교생활이 힘들어진다.
그리고 나에게도 말해야 있다.
날 것이 그렇게 생각하지 않지만 더 싶 사람들과 닿을 때
나는 문제가 있는 이상한 사람이 되어버리곤 한다.

어디에도 그런 것 같다.
100 명쯤이 ④ 라는 행동을 하는데 단 한명이 ⑥ 라는 행동을 하면
사람들은 당연히 한명이 잘못된 것이라 여기고 좋지않은감정을 갖 것이다.
특히 친구에서 모두가 '예' 하는데 홀자 '아니오' 하는 것도 강심히 심들다.
아마 맞않은지 않는 것 같다. 비단 친구뿐이 아니겠구나.
용기도 없고 연약한 결과를 맞이하지 않기 위해서는 슬픔히 파리갱 수 밖에 없다.

'배움의 터' 라는 학교도 좋은 곳이다.
그렇지만 어른들이 만들어낸 틀에 나를 끼워 맞추려는게 싫다.
더 싫은 것은 훗날 나도 결국 그 틀을 만들게 될 것이라는 점이다.

생각하지 말고 덩달아 따라가기.
내가 진짜 즐겁다고 착각할 정도로 웃기.
이런 내 모습이 상황이 흩뿌려도 곁에 울지 않기.
이것이 내 임무이다.

코미디영화를 보고도 울던 내가 슬픈 멜로를 보아도 예전과 감정의 떨림가 없고
자연스럽게 웃음이라는 기쁨운 쑨 소리가 흘러나고
지친아들이 콩콩거리던 어리둥절 틈 비어져있으니
내 임무 잘 지키고 있는 셈이다.

나에게 있어서 학생이라는 신분은 야망과 욕망 그리고 무거운 짐을 지닌 존재이다.
거기에 더하자면 둑이 튼 작은 항아리가 깊숙한 곳에 있는데
운이 좋다면 둑을 보지 못한 채로 무난히 지낼 것이고
운이 나쁘면 항아리에 콩이 생겨 둑이 콩씩 흘러나올 것이다.

내 깊숙한 곳 어딘가에 있는 항아리가 깨져버린다는 만드기울과 함께
야망을 가지고 힘차게 , 미래를 위한 추억을 새기며
난 그렇게 기록하라 ...

최연지

굴이 굳어졌다.

"저는 교장실에 올 때까지도 전혀 모르고 있었는데, 미리 말씀이라도 해 주셨으면 좋았을 텐데요."

결국 받아들이면서도 내심 섭섭함을 감추지 않았다. 그럴 수밖에. 짧은 교직 경력에다가 고3 담임으로 언급되지 않았던 박 선생은 직원회의를 앞두고 비로소 내정되었기 때문이다. 그런 과정에서 의견을 제시할 틈이 없었다.

매년 이맘때가 되면 교무실은 홍역을 치른다. 한 해의 업무를 결정하고 자신이 맡아야 할 학급이 결정되기 때문에 서로 조금이라도 편하고 쉬운 쪽을 찾아 헤매게 된다. 이 과정에서 평소 친하던 사람도 날카롭게 대립하고 아무것도 아닌 일로 앵돌아선다. 수업 시수 한 시간을 더하고 덜하고를 가지고도 언성이 높아진다.

매년 겪는 일이지만 올해는 유난히 정도가 심했다.

담임을 하고자 하는 사람은 많지만 부담이 많은 고3은 서로 안 하려고 하다 보니 급기야는 '제비뽑기'로 하자는 소리까지 나왔다. 교직 사회의 비정규직이라고 할 수 있는 기간제 교사나 전일제 강사 비율이 점점 높아지고 그들이 맡을 수 없는 일은 자연히 교사들에게 떠넘겨졌다. 올해 우리 학교의 경우 9명의 교사가 떠나고 4명이 발령받아 왔다. 그 빈자리는 결국 기간제교사로 채워지고 그만큼의 업무가 교사들에게 나누어졌다. 한 번 정해지면 1년 동안 떠안고 가야 하기 때문에 서로들 신경전을 벌일 수밖에 없다.

교사들은 아이들에게 잘하려고 하는 본능이 있다. 이런 홍역을 치르고도 2월이 지나가면 3월부터는 또다시 활기를 찾게 되는 것이 학교이다. 책상 위에 담임을 맡은 반 아이들의 이름표와 교과서가 놓이면서 교사들의 눈빛은 빛나기 시작해서 새 학기를 준비하는 아이들의 목소리가 학교를 가득 채울 때면 교사들의 기대감도 높아진다.

첫 만남을 준비하는 마음은 언제나 떨린다. 더구나 교직에 첫발을 내딛는 젊은 교사들은 아이들과의 만남을 생각하며 설레는 시간을 갖는다. 박 선생은 우리 학교가 첫 부임지이다. 교직에 대한 부푼 마음을 안고 교사의 꿈을 키워 나가고 있는 그를 보며 타성에 젖어 버린 나를 발견하곤 했었다. 그런 그가 동료 교사들의 모습에 상처를 입는 것을 보면 안타까운 생각이 든다. 아름다운 꿈을 키우고 열매 맺을 수 있도록 힘을 북돋아 주어야 할 우리가 오히려 그에게 아픔이 된다는 사실이 죄스럽다.

그래도 오늘 아침, 아이들에게 미소를 담뿍 전해 주는 박 선생의 모습이 더없이 예쁘다. 분명 그의 아름다운 꿈을 통해 우리 교육도 한층 영글어질 것이 틀림없다.

매는 가슴에 남는다

"내가 상권이 에미요."

나이가 지긋한 어르신이 졸업 앨범을 들고 나를 찾았다. 어정쩡한 자세로 서 있던 나는 이내 자세를 고치고 반갑게 맞았다.

내가 상권이를 만난 것은 벌써 15년 전. 그때 나는 인근 지역의 신설고에 근무하고 있었다. 모든 학생들이 전학생으로 구성되어 독특한 분위기를 자아내는 학급의 담임을 맡아 아이들과 새로운 경험을 만들어 가던 중이었다. 안동에서 전학 온 상권이는 곧 아이들 틈에서 두드러졌다. 졸업 후 녀석은 외국에 나가 관광 안내를 하며 생활하고 있다는 소식을 들었다.

"건강은 어떠세요? 아이는 잘 있나요? 얼마 전에 통화를 했는데 목소리가 참 건강하더라구요."

"우리 아랑 통화 했다구요? 녀석이 여기는 전화를 한답디까?"

어머니는 무뚝뚝하지만 깊은 정이 담긴 사투리로 이렇게 말씀하

이민영

셨다.

"이게 얼마만인가요, 어머니. 제가 여기 있다는 것을 어떻게 알고 오셨어요?"

상권이는 아들을 기다리다가 낳은 늦둥이라 큰누나와 나이 차가 많았다. 전학 올 때도 엄마 대신 누나가 함께 왔는데 나는 그분이 어머니인 줄 알았다. 당시만 해도 어머니의 연세가 꽤 있었는데 지금은 많이 늙으셨다.

"선상님. 제가 꼭 물어 볼 기 있어 왔구만요. 그때 와 우리 아를 그렇기 때렸소?"

갑작스런 질문에 당황하며 나는 그때를 생각해 보았다. 무슨 일일까?

"우리 아 허벅지에 멍이 시퍼렇게 들었구만. 얼매나 속상하든지 그날 당장 올까 하다가 지금이라도 그 사연을 알아보자고 왔구만. 와 그랬소?"

이제야 기억이 난다. 다른 아이들과 함께 상권이는 흡연 때문에 나에게 몇 번이나 주의를 받았다. 지금이나 당시나 학생 흡연은 참 어려운 문제였다. 그러나 해결 방법은 마땅히 없었다. "다시 걸리는 맞는다"는 말도 안 되는 약속을 하며 아이들에게 협박(?)했지만 여전히 흡연은 쉽게 뿌리칠 수 없는 유혹이었다. 결국 아이들은 다시 담배를 피우다가 걸렸고 나에게 심하게 매를 맞았다. 그날 이후, 나는 그 일을 까맣게 잊어버리고 있었는데 상권이 어머니에게는 오랫동안 남아 있었던 모양이다. 상권이의 허벅지에 시퍼렇게 든 멍은 그대로 어머니의 가슴에 시퍼런 상처가 되어 15년이 지나 나를 찾게 하였던 것이다.

"우리 아가 어디 가서 그리 매 맞을 짓은 안 한다 싶었는데 그랬 구만. 요즘도 김 샘 얘기를 종종 하는데 와 나한테는 전화를 안 하나 모르겠소. 다음에 혹 통화가 되면 좀 전화하라 해 주소."

그냥 그 이유를 알고 싶어서 왔노라며 자리에서 일어나는 어머니에게 어쩔 수 없는 세월의 무게를 느낄 수 있었다.

교사의 폭력은 가장 나쁜 교수-학습 방법이다. 체벌은 아이에게 무서운 독약이 될 수 있다. 내 마음에 있는 폭력을 깨끗이 비우고 아이 앞에 설 때 비로소 교실의 폭력은 사라지게 된다. 교문을 나서는 어머니의 상처가 아물기를 바라며 오래오래 전송했다. 뒷모습이 부쩍 늙으셨다. 🔲

임계 상태(critical state)

발단은 휴대폰이었다. 휴대폰으로 시작한 말다툼은 성적으로 옮겨 갔고, 휴일 오후의 평화는 그렇게 깨졌다.

"나는 지금이 절실해. 점점 두려워져. 그때 하고 지금은 분명 상황이 달라진 거야. 아빤 몰라. 내가 얼마나 점수에 예민할 줄 알아?"

말문이 막혔다. 녀석의 답답함이 나에게도 밀려왔다.

"난 누구하고도 말을 하지 못하겠어. 속마음을 나눌 사람이 하나도 없단 말이야."

녀석은 올해 고등학교 1학년이다. 교환학생으로 미국에서 공부를 하다가 올해 초 귀국을 결심할 때는 자신감이 넘쳤다. 의사 표현도 적극적이었고 행동도 활기찼다. 외국 생활이 헛되지 않아 보였다. 학년을 낮춰 재입학했음에도 자기보다 어린 학생들과 어울리는 것에 스스럼이 없었다. 공부도 열심히 하였다. 밤늦은 시간,

혼자 귀가하는 녀석을 마중하기 위해 몇 번 밤길을 걸었다. 집 가까운 곳에 학교가 있어 산책하기에 안성맞춤이었다. 함께 걷는 동안 듣는 학교 얘기는 참 신이 났다.

그러나 어느 날부터 녀석의 어깨가 쳐지기 시작했다. 녀석의 가방을 받아 어깨에 메는데 그 무게가 만만치 않았다.

"가방이 왜 이리 무거워. 가볍게 해서 다니지."

"몰라. 가방이 가벼우면 이상해. 묵직해야 마음이 놓여."

나를 보고 싱긋 웃었지만 그 웃음에는 힘이 없어 보였다. 목소리도 예전 같지 않았다.

"아빠, 힘들어. 무슨 소리인지 하나도 못 알아듣겠어. 외계어 같아. 수학은 정말 모르겠어. 나 점점 바보가 되어가나 봐."

녀석은 수학을 어려워했다. 수학은 공부를 해도 모르겠고 점점 더 어려워진다고 했다. 다른 과목에 비해 점수가 턱없이 낮게 나온 탓에 학원 수강을 하기도 했다. 그래도 수학은 정체를 알 수 없는 괴물이 되고 있었다.

"그래서 성적표를 안 가져오는 거니? 아빠는 너의 좋은 모습만 보아야 하는 거니?"

"응. 그러고 싶어. 실망시키고 싶지 않아. 나도 내 점수를 보면 실망해. 점점 초라해져. 그런데 그 점수를 어떻게 보여 줘?"

"녀석아. 점수가 좋으면 아빠 딸이고, 그렇지 않으면 딸이 아니니? 왜 그런 생각을 해?"

"몰라. 그런 느낌을 받아. 내가 공부를 하지 않은 것도 아닌데 낮은 점수를 받으니 더 속상해. 답답해."

눈물이 범벅이 된 녀석의 한마디 한마디가 그대로 가슴에 꽂혔다. 나도 모르게 녀석에게 좋은 점수, 좋은 등수를 강요했었나 보다. 무언의 억눌림이 녀석의 자신감을 앗아 간 것이다. 점점 자신이 없어진다는 녀석에게 "불과 1년 전 너는 혼자 16시간을 비행기를 타고 날아가 새로운 세계를 만났다"고 했더니 녀석은 오히려 그건 아무것도 아니라고 했다. 점수가 자기를 자꾸만 위축시킨다며 엉엉 울었다. 제 엄마가 품에 안자 녀석의 어깨가 요동을 쳤다. 녀석에게서 우리 학생들의 모습이 우울하게 겹쳤다.

　임계 상태(critical state)라는 말이 있다. 물리학에서 나온 개념으로 어떤 물질, 또는 현상의 성질에 변화가 생기거나 그 성질을 지속시킬 수 있는 경계가 되는 상태로 별것 아닌 원인에도 과도하게 민감한 반응을 보여서 격변이 일어날 수 있음을 나타낸다. 요즘 우리 아이들이 바로 이러한 임계 상태가 아닌지 걱정스럽다. 이제 학교는 작은 모래알로도 와르르 무너질 수 있는 극도의 불안정한 상태로 하루하루를 견디고 있는 것은 아닐까 염려되기 시작했다.

김진아

6cm와 7cm의 차이

"애들아, 너희들 얼굴이 좀 이상해. 왜 그럴까?"

아이들은 그저 피식피식 웃기만 하고 말을 하지 않았다. 지난 주와 달라 보이지만 왠지 낯설어 보였다. 앞자리에 앉은 녀석이 한마디 한다.

"학생과에서 머리 못 기르게 하잖아요."

"그런데 왜 모두 앞머리는 둥글게 깎았어?"

아이들의 머리가 한결같이 앞머리를 둥글게 다듬어 얼굴이 동그랗게 보이고 옆머리는 다른 때보다 짧아 보였다. 머리 검사를 한다는 풍문이 있어 저희들끼리 자로 재며 귀밑 몇 cm를 잘라 내고 앞머리도 가위로 둥글게 잘라 냈단다. 단발머리에 어울리는 머리모양을 하다 보니 둥글게 자를 수밖에 없었다고 하는데 그저 어색하게 보여 웃고야 말았다. 나의 웃음에 볼멘 소리로 말하던 현경이도 같이 웃더니 옆 짝에게 말했다.

"내가 머리 잘라 줄까? 나 잘 잘라. 가위로 조금씩만 쳐 내면 아주 예쁘게 돼. 학생과에는 절대로 걸리지 않게 해 줄게. 믿어 봐."

가위를 꺼내 들고 짝의 머리를 만지니 아이가 질겁을 한다.

"너에게 맡기느니 학생과에 걸리고 말겠다."

아이들 사이에 오고 가는 말을 들으며 나는 생각에 빠져 들었다.

'머리가 단정하다는 것은 무엇을 말하는 것일까? 정말 머리가 길면 공부에 지장이 있을까? 반드시 모든 아이들이 똑같은 머리, 똑같은 옷을 입고 있어야 하는 것일까? 그렇지 않으면 왜 안 될까?

교복이나 똑같은 머리 규정은 집단성을 강조한다. 이는 개성을 인정하지 않겠다는 선언이며 동시에 그 집단이 가지고 있는 차이성으로 다른 집단을 차별하겠다는 말이다. 그래서 명문이라고 자칭할수록 유난히 까다로운 교칙을 강요한다. 아이들은 그 학교 학생이라는 이유만으로 그 집단의 규범을 따라야 한다. 우리 지역의 아이들은 평준화 지역으로 여러 고등학교를 지망한 뒤 시험을 치러 한 학교에 배정된다. 어떤 경우는 자신이 원하는 학교와는 전혀 상관이 없는 곳에 배정되기도 한다. 그런데도 입학하면 모두들 똑같은 교복에 똑같은 머리 모양을 해야 한다. 한때 우리 사회에서 여자들은 미니스커트를 못 입게 하고 남자들은 장발을 허용하지 않았던 시절이 있었다. 그 시절 뒷골목으로 숨어 다녔던 사람들이 지금은 모두 나이 지긋한 어른들이 되었다. 그로부터 3, 40년이 지난 지금은 우리의 아이들이 자기를 지켜 보는 눈과 숨바꼭질을 하고 있다.

"아빠, 6cm와 7cm의 차이가 뭐야. 6cm면 공부를 잘하고 7cm

면 못하는 거야?"

　머리숱이 유난히 많아 조금만 길어도 학생과의 지적을 받는 딸 아이는 매주 일요일이 되면 툴툴거린다. 월요일 아침마다 교문을 통과하는 일이 만만치 않다고 한다. 뒷덜미가 저릿저릿해지는 긴 장감으로 등교를 하다 보면 어느새 걸음은 뻣뻣해진단다. 글쎄, 나는 이 질문에 대답할 자신이 없다. 누구 대신해 줄 사람이 없을까. 없다면 우리 아이들에게 자유로움과 즐거움을 되돌려주는 것은 어떨까.

3.
어, 이거 지난 주에 깎은 거잖아

김현지

3.
어, 이거 지난 주에 깎은 거잖아

선택

올해 중3인 딸아이와 오랜 시간 동안 마주앉았다. 이제는 고등학교를 선택해야 한다는 이유 때문이었다. 고3 아이들 입시가 얼마 남지 않았다는 것에만 신경을 썼지 딸아이 시험이 바로 앞에 와 있다는 사실은 잊고 있었다. 녀석이 오랜 시간 동안 혼자 고민했을 것을 생각하니 미안했다.

"다은이는 어느 고등학교를 가고 싶니?"

미안함을 누르고 겨우 꺼낸 첫마디가 마치 아이들 상담할 때와 똑같다. 내 딸인데…. 아주 중요한 인생의 결정인데…. 그런데 나는 많은 우리 아이들 중 하나를 대하듯 그렇게 행동하고 있었다. 그래도 그것이 반가운 듯 녀석의 눈망울이 반짝 빛이 났다.

올해 중학교 3학년 아이들은 그 어느 해보다도 많은 혼란을 겪고 있는 듯하다. 당장 2008학년도 대학입시에 관해서 발표를 미루고 있는 교육부 탓으로 고등학교를 쉽게 선택하지 못하는데 꼬리에

꼬리를 무는 '고교등급제', '본고사 부활' 등의 소문에 흔들리기 때문이다.

휴일에는 인근에 있는 고등학교들을 딸아이와 함께 돌아보았다. 새로 지은 지 얼마 되지 않은 학교는 각종 기자재가 훌륭해 보였지만 어쩐지 안정이 되지 않아 보였고, 축제가 막 끝난 어느 학교는 어수선하지만 그래도 그 속에서 배어나는 연륜이 은은했고, 대학 캠퍼스보다도 훌륭한 교정을 자랑하는 어느 학교는 안정된 분위기로 마음이 편안했지만 낡은 시설 때문에 아이의 고개를 가로 젓게 만들었고, 사립의 어느 학교는 끝 모를 긴 복도가 수용소를 연상하게 하여 얼른 빠져 나왔다.

"아이를 키워 보아야만 진정한 교사가 될 수 있다."

십여 년 전, 한 학부모가 나에게 들려주었던 말이다.

"선생님. 지금은 잘 모르실 거예요. 그다지 실감이 나지 않을 거예요. 정말 선생님이 아이를 키워 보시면 저희들 심정을 아실 거예요."

이론적으로 아이들의 심리 상태가 어떻고, 학부모들은 어떻게 해야 하는지를 열심히 설파하는 나를 보고 그 학부모님은 나에게 이렇게 말씀하셨다. 그 후 이 말은 나의 가슴에 그대로 남아 있었고 학생들을 대할 때의 지표가 되곤 하였다. 그러나 막상 딸아이가 고등학교를 선택하게 되자 더욱 실감나게 다가왔다.

그 동안 진로 문제로 고민하는 아이들을 상담할 때 우선시되는 것은 성적이었다. 점수였다. 그리고 그것이 현실이기 때문에 어쩔 수 없다고 말하며 나를 합리화하였다. 하지만 나와 대화를 나누는 아이에 대해서는 별로 관심이 없었다. 그 아이가 어떻게 살아왔고,

어떤 꿈을 갖고 있으며 어떻게 살아가기를 바라는지 별로 생각하지 못했다. 많은 아이들을 대학에 진학시키고 그것이 나의 훈장으로 알았던 내가 딸아이와 함께 고입에 대해 고민할 때는 진심으로 한 아이 그 자체를 볼 수 있었다. 그의 고민을 알았고 꿈을 이해하였다.

이제 결정의 순간이 다가온다. 적어도 우리 아이들에게 교사라기보다는 아빠로서 마음을 열어 두어야 하겠다.

머리를 기르고
화장을 하고
교복을 벗는다는 것은
너무 힘든일.

by.미지

김미지

작은 가족 기념일

늘 그렇듯 오늘도 퇴근 시간은 밤 10시였다. 수능이 불과 20여 일도 채 남지 않아 우리 반 교실에서 밤 10시까지 앉아 있었다. 시계의 초침소리가 유난히 크게 들리고 숨 죽여 책장을 넘기는 소리에 제풀에 놀란 아이가 고개를 들고 나를 보곤 했다. 어느새 10시. 또 하루가 저물었다. 가방을 주섬주섬 챙기는 아이들의 피곤한 얼굴을 보며 나는 목이 잠겨 탁한 음성으로 겨우 작별 인사를 하고 서둘러 귀가했다.

"아빠. 지금 어디야?"

차를 주차장에 대자마자 딸에게서 전화가 왔다. 요즘 고등학교 입학 때문에 신경을 부쩍 쓰고 있는 녀석이다. 어쩐 일로 전화를 했을까. 무엇인가 급한 일이 있나 보다.

"응, 주차장. 이제 곧 올라갈 거야."

두 계단씩 밟고 뛰어올라 초인종을 눌렀다.

보통 때면 강아지 '보리'가 짖는 소리가 먼저 나고 그 뒤를 이어 아이들이 문을 열면 방안에 가두어 두었던 따뜻함이 '확' 밀려나오는 것이 순서이다. 그런데 오늘은 제법 긴 시간 동안 아무 소리가 나지 않았다.

잠시 뒤, 저희들끼리 "이제 열어도 돼?", "응, 열어도 돼" 하는 소리가 오고 가더니 문이 열렸다. 입구에서 거실까지 작은 촛불이 죽 늘어져 빛나고 있고 방의 불은 꺼져 있다.

"이게 뭐야? 예쁘다."

반색하는 나를 아내가 식탁으로 데려간다. 거기에는 형형색색의 음식이 차려져 있고 큰 초가 2개, 작은 초가 1개 빛나고 있었다.

"아이고, 고맙다. 고마워. 나는 아무것도 준비하지 못했는데….."

오늘은 나와 아내가 21년 전 처음 만난 날을 기념하는 우리 가족의 소중한 기념일이다. 올해는 내가 학급 아이들과 함께 있어 일찍 퇴근하지 못했기 때문에 그냥 넘어갈 수밖에 없을 줄 알았다. 그런데 다은이와 하람이, 아내가 몰래 가족 파티를 준비한 것이었다. 식탁에 놓인 음식을 함께 먹으며 온 가족이 이런 저런 이야기를 나누다 보니 어느새 밤 12시가 훌쩍 넘어갔다.

교육은 학교에서만 이루어지는 것이 아니다. 간혹 어떤 부모들은 말 안 듣는 자식을 어떻게 할 수 없으니 학교에서 잘 가르쳐 달라고 한다. 하지만 이건 잘못된 생각이다. 부모의 말을 듣지 않는 아이라면 학교에서도 어쩔 수 없는 경우가 많다. 어렸을 때부터 부모와 함께 대화를 나누고 자신이 많은 것을 결정해 보고 준비를 해본 아이들은 학교에서도 긍정적이고 적극적이다. 반면에 부정적이고 공격적인 아이들은 어려서부터 부모의 사랑을 지나치게 받았거나 전혀 받지 못한 경우가 많다. 다행히 교사의 눈에 띄어 부족한 사랑을 채우면 완전히 달라지기도 하지만 현실은 그렇지 않다. 헌신적인 교사 몇 명에 의해 아이들이 바뀌기에는 돌보아야 할 인원이 너무 많다.

가난보다는 사랑의 굶주림, 그것이 아이들에게는 치명적이다. 사랑의 굶주림에서 아이를 구해 내기 위해서는 가정에서의 작은 관심부터 시작되어야 한다. 아이들은 큰 사랑을 원하는 것은 아니다. 작은 관심, 가족사의 문제도 함께 참여하여 논의하고 해결을 하기 위해 노력하다 보면 서로를 이해할 수 있고 다른 사람을 배려하는 마음이 생기게 된다. 그런 의미에서 가족만의 작은 기념일을 만들어 함께 지켜 가는 것은 어떨까.

손이래

체념은 달리 말하면 달관이야

"어, 하람이 머리 깎았네."

하계 연수를 다녀와서 본 아들의 머리가 짧아졌다. 반가운 마음에 이렇게 말을 건네니 아들이 당황한다.

"아빠, 이거 지난 주에 깎은 거잖아."

그랬다. 지난 주 일요일 아들의 머리가 길다고 자르는 것이 어떻겠냐고 해서 미장원에 가서 자르고 온 아들이었는데 불쑥 이렇게 말이 나간 것이다. 학교에 근무하면서 수많은 아이의 미래를 위해 가르치자고 소리 높여 말하면서도 내 아이의 머리 모양조차도 관심을 기울이지 않은 것인지.

어느새 한 학기가 끝나 간다.

주어진 시간의 틈바구니 속에서 충실한 사회구조의 한 부품으로 생각 없이 살아온 시간이기에 이제는 좁아질 대로 좁아진 사고와 운신의 폭. 그 속에 누워 세상이 넓은 줄 모르고 그저 자신의 생각

나의 오래된 꿈 ♡

나에게는 오래된 2가지 꿈이 있다. 우선, 첫 번째 꿈은 경인교대나 서울교대에 입학번 신입생으로 입학하여 멋지게 대학 캠퍼스를 누리고 싶다. 마지막 꿈은 10년후 교단에 서는 것이다. 2가지 꿈을 합치면... 초등학교 선생님이 되는 것이다. 10년이상을 초등학교 선생님이라는 꿈을 키워왔다.

내 인생의 원동력이라 할 수 있는 나의 꿈. 난 오늘도 나의 2가지 꿈을 이루기 위해 힘차게 뛰고 있는 중이다.

처음 꿈을 가졌을 때에는 편해 보이고, 안정된 직업이여서 되고 싶었지만, 지금은 저 2가지 이유로 초등학교 선생님이 되고 싶지 않다. 물론이 안정된 직업은 맞는 말이고하써, 가끔 꿈을 갖게 된 애를 말할 때 써 어가곤 한다. (하학^^)

초등학교 5학년 때 수학과 국어를 갓강 써간생 가르친 적이 있었는데, 친구들을 가르칠 때의 즐거움과 가르치고 나서의 뿌듯함은 뭐라 표현할 수 없었다. 그 뒤로 확실히 초등학교 선생님이 되어야겠다고 다짐을 했다.

서는 아이들에게 꿈과 사랑, 희망을 심어주고 싶다. 아이들에게 꺼지 씨앗을 심어줄 수 있는 사람은 부모님이 아니라 교사라는 생각이 든다. 부모님 3가지, 4가지... 100가지도 심어줄수 있지만 교사가 심어주는 씨앗 가수 전혀 다를 것이다.

이녀 후 교단에 서서 3가지 씨앗을 꼭 심을 수 있게 지금부터 낭들보다 2배로 노력하고 최선을 다할 것이다.

긴 정상에 가까이 왔다. 앞으로 2발짝만 가면 나의 오래된 꿈을 이룰 수 있고, 내 인생의 챔피언이되 할 수 있다.

남은 두발자국이 헛되지 일게 열심히 노력해서 내 인생의 멋진 챔피언이 되야겠다.

김아름 ♡

김아름

만이 옳다고 믿으며 점점 좁아지는 폭을 인식하지 못하고 살다가 이윽고 관처럼 좁아진 그 폭 속에서 세상을 마감하는 그러한 나의 인생이 안쓰러웠던 것은 아닐까.

최근 들어 교육계에서도 많은 일이 끊이지 않고 일어난다.

국립 서울대학교와 대통령의 정면충돌은 그중 절정이 아니었나 생각한다. 대학 본고사니, 삼불(三不) 정책이니 하면서 일촉즉발의 위기까지 내몰리던 위기가 겨우 진정이 되고 나서도 아이들은 여전히 불안하고 교사들은 갈피를 잡지 못하고 있다. 학교는 여전히 혼돈 속이다. 목적이 상실된 교육은 계속 진행이 되고 있고 미래를 기획하지 못하는 아이들은 자신의 삶이 어떻게 전개되어야 하는지도 모른 채 부모가 시키는 대로 행동하고 있다.

이 와중에 나는 내 생각마저 잃어버리고 그저 흔들리며 살아왔다. 자신의 생각을 지니고 계신 많은 선생님들을 바라보면서도 깨칠 줄 모르고 그저 자신을 합리화하면서 살아온 것이다. 그리고는 그저 손에 움켜쥐면 움켜쥔 채 훌훌 털어 버릴 줄을 몰랐다. 점점 무거워지는 발걸음이 그저 연륜이려니 생각하며 지냈다.

한 학기가 끝나 간다.

비록 17주 정도의 기간이지만 결코 짧지 않은 시간을 그저 돌아보지도 않고 살았다.

"불교는 체념하는 종교지, 체념은 달리 말하면 달관이야."

지리산 실상사의 전 주지 스님이 천성산 지킴이를 자처하시는 지율 스님을 만나서 하신 말씀이다. 우리 기억의 간사함으로 이제는 그 이름마저 아련한 두 분이 만나 서로의 삶에 대해 이야기를 나누고 그것이 한 언론에 의해 보도되었을 때 두 분의 말씀 하나하나가 아름다운 잠언이 되어 다가왔다. 그런데 그중에서도 유독 도법 스님의 이 말씀이 나를 후려치는 것은 무엇 때문일까. 흔히 체념을 포기라고 이해하고 그렇게 행동을 하며 조바심을 내는 나에게 스님은 무엇을 가르치고 싶어 이런 어록을 남기신 것일까.

이번 방학, 나는 무엇보다도 비우는 법을 익혀야겠다. 탈탈 털어 버려야겠다. 그것이 다시 나를 가볍게 하는 것일 게다. 방학이 있어 얼마나 다행인지 모르겠다. 내가 나의 욕심으로 터져 버리기 전에 체념할 수 있는 시간이 있다는 것이 무척이나 다행스럽다.

노망, 또 하나의 그리움

"아니다. 노망이 아니야."

어머니가 손사래를 젓는다. 너무나도 강한 부정에 얘기를 꺼낸 아내가 머쓱해진다.

명절이면 온 가족이 모여 얘기꽃을 피운다. 요즘 우리는 소수의 가족이지만 한자리에 모이기가 어렵다. 아이들이 고등학교에라도 다니기 시작하면 온 가족이 수험생이 되기 때문에 함께 모여 맨정신으로 대화를 나누는 것은 손에 꼽을 만하다.

모처럼 모여도 자기 자식의 이야기가 중심이 된다. 우리 아무개가 1등을 했다는 둥, 학교에서 반장이 되었다는 둥 수많은 말이 날아다니지만 대부분 자식 자랑이 대부분이다. 노인네들이야 모처럼 모인 아들, 딸들이 반가워 대화에라도 끼고 싶지만 마땅한 상대가 없다. 그래도 귀찮건이나마 즐겁다. 적막만이 동무였던 날이 얼마였던가. 오늘은 그래도 집안이 시끌벅적 사람이 사는 것 같다.

백진주

"외할머니는 돌아가시기 전에 노망이 난 거지?"

아내가 어머니께 여쭙자 지금까지 잔잔한 미소로 듣고만 계시던 어머니께서 급히 손사래를 치셨다. 처형과 사위들의 눈이 한데 모아졌다.

"혼자서 거울 보며 씩 웃고 뭐라고 중얼거리고 했는데…."

어머니의 어머니… 그분이 살아계셨을 때의 한 장면이 떠올랐다.

옛날 시골에는 문에 작은 유리를 붙여 바깥 동정을 살피곤 했었다. 어쩌다 깨진 거울조각이라도 손에 들어오면 바람벽에 잘 붙여두고 그걸 보며 쪽을 짓곤 했었던 우리 어르신네들. 아내의 외할머니는 벽에 걸린 거울을 보며 미소를 짓기도 하고 말을 걸기도 했단다.

"하이고, 예쁜 노인네가 낭군은 어쩌고 여기 온 거유?"

적적한 시골에 혼자서 어두운 방안에 계시다가 거울을 보며 이렇게 말씀을 하시곤 했단다.

아내는 어린 시절 우연히 본 그 모습에 외할머니가 무척 무서웠다고 했다.

"아녀. 외할머니는 노망이 난 게 아녔어." "그럼 그거 왜 그런 거야?"

"혼자서 오래 계시다 보니… 너무 심심해진거야… 사람이 그리웠던 게지."

"사람이…? 그럼 동네 마실이라도 가지?"

"노인네들이 그렇게 쉽게 다닐 힘이 있는 줄 아니? 설령 나갔다 하더라도 다 같은 늙은이끼리 무슨 할 말이 있어…?"

어머니는 잠시 말을 멈추었다. 이미 방안은 고요해졌고 모두들 어머니의 다음 말에 귀를 기울였다.

"하루 종일 혼자 있어 봐라. 하루 이틀은 괜찮다. 하지만 그것이 1년, 2년 돼 봐라. 사람이 그리워진다. 말동무가 그리워지는 거야. 네 할머니는 사람이 너무 그리워 거울에 비친 당신 모습에 말을 걸었던 거야. 그렇게 하루하루 시간을 견뎌 냈던 거야."

일흔이 넘으신 어머니도 집에만 들어오면 TV를 크게 틀어 놓으신다. 그리고 아무나 붙들고 말을 건넨다.

"아범아. 오늘은 어땠냐? 하하하하."

어울리지 않는 큰 웃음을 터뜨리시며 소파에 앉으신다.

아. 이러한 행동 역시 사람이 그리우셨던 거구나. 말동무가 필요했었구나. 그래. 오늘은 어머니 말동무를 해 드려야겠다. 🔲

편하다는
이유만으로

아침 댓바람부터 아들 녀석을 야단쳤다. 올 겨울 들어 가장 추운 날씨인데도 슬리퍼를 끌고 학교로 가기 때문이다. 며칠 전, 슬리퍼를 신고 가는 녀석에게 주의를 줬건만 습관적으로 신고 나가고 있다. 얼른 창 밖을 보니 녀석은 바로 학교로 가는 것이 아니라 다른 동의 친구 집으로 가고 있었다. 녀석의 이름을 부르니 발이 안 보이게 얼른 숨는다.

"너 지금 뭘 신고 가는 거야?"

"실내화라서 가져가는 건데."

들어와서 운동화로 갈아 신고 가라고 하니 마지못해 집에 들어선다.

"슬리퍼를 왜 신고 가는데?"

내가 묻자 아들 녀석은 학교에서 신을 실내화라고 하면서 신발 주머니에 있는 실외화를 보여 주었다. 축구화가 들어 있었다. 방과

후에 친구들과 축구를 하려고 했나 보다.

"실내화는 어디에서 신는 거지?"

교사들의 특성이 어떤 상황에서 설명을 하려고 한다더니 나 역시 예외는 아니었다.

"교실에서…."

"그런데 너는 바깥에서 신고 그대로 교실로 들어가잖니. 실내화를 신는 가장 큰 이유는 바깥 먼지를 실내로 끌어들이지 않으려는 거야. 그런데 아빠가 알기로는 학교 실내화가 따로 있는 것으로 아는데…."

그제야 녀석은 신발장에 둔 실내화를 꺼내 들었다.

"그럼, 너 슬리퍼를 끌고 다니는 이유가 뭐야?"

"편해서…."

가장 큰 이유는 편하다는 것이었다.

아이에게 신발을 제대로 신겨 보내면서 곰곰이 생각해 보았다.

언제부터인가 우리는 편한 데 익숙해져 있고 그것을 올바른 가치라고 가르치고 있다. 학교에서나 가정에서나 모두들 그저 편하게 지낼 수 있는 방법만 찾고 있으며 그것을 위해 내 모든 것을 바친다. 약간이라도 내게 불편하면 금방 불만이 터져 나오고 목소리가 커진다. 나의 편리를 위해 다른 사람의 불편은 무시하기도 하고 편법도 마다하지 않는다. 이는 가치를 소중하게 여기는 교육보다는 결과를 중시하는 우리 교육 풍토 탓도 크다. 학교생활이 어떠했든 좋은 대학에 들어가면 이후의 삶이 달라지는 학벌 위주의 우리 사회의 모습이 끊임없이 재생산되면서 결과를 위해 온갖 편법을 쓰기도 한다.

'네 이웃의 굴뚝에 연기가 새어 나오지 않거든 몰래 곡식을 가져다 놓으라'는 선인들의 가르침은 이웃에 대한 관심과 배려를 말하고 있다. 우리 이웃이 굶든지 추위에 떨든지 상관하지 않고 그저 내 배가 부르면 그만이고 내 사지가 편하면 된다는 생각이 팽배한 요즘일수록 학교 교육은 더욱 이웃에 대한 관심과 배려를 배울 수 있도록 해야 한다.

수능시험이 끝나고 나니 고3 아이들은 일종의 패닉 현상을 보이고 있다. 대학 입시라는 결과만 추구하던 학교 교육의 폐단이 적나라하게 드러나는 것이 요즈음이다. 사실 교사들은 입시 위주의 교육을 하는 것이 가장 편하다. 가치의 유무를 따지기 이전에 더 많은 지식을 전달하면 되기 때문이다. 그러나 편한 것이 꼭 좋은 것은 아니다. 특히 교육에서는 인생의 참된 의미를 가르칠 수 있어야 한다.

어느 학생의 잡다한 생각

※ 휴가와 고통방학의 관계.

제3장 어, 이거 지난 주에 깎은 거잖아 **105**

제발 같이 밥 먹자

며칠 있으면 예비고1로 온 겨울을 보낸 딸아이가 고1이 된다. 나이가 더 어린 아들 녀석은 초등학교를 졸업하기도 전에 예비중1로 지내더니 이제 예비 딱지를 떼어 낸다. 불과 몇 년 전, 딸아이가 중학교에 입학할 때만 해도 우리 부부는 '선행학습'이라는 용어를 귀담아 듣지 않았다. 그런데 올해는 EBS 교육방송에서부터 예비 강좌가 개설되더니 학원은 선행학습반을 편성하고 야간자율학습까지 시킨다는 말이 들려 왔다.

"우리도 뭔가 해야 하는 거 아냐?"

불안한 눈빛으로 내게 묻는 아내는 이미 누가 어느 학원을 다니는지, 무슨 과외를 하는지 다 알아 두었다.

"앞집에 있는 재 친구들도 벌써 고1 수학을 모두 끝냈다더라. 그런데 우리만 이렇게 무심하게 있어도 되는 건지…."

2월에 있었던 반배치고사의 시험 범위가 고1과정, 중1과정이 포

지성경

함되어 선행학습을 하지 못한 아이들은 당혹감에 아빠를 붙들고 학원을 보내 달라고 졸랐다.

"혼자 공부하기 힘들어. 수학이나 과학은 무슨 말인지 알지도 못한단 말이야."

결국 지금까지 집에서 공부하게 하고 교육방송을 통해 보충해 왔던 방식은 한계에 부딪히고 마는가. 우리 아이들에게도 거대한 사교육의 시장에 발을 들여놓게 해야 하는가. 공교육만으로도 충분히 할 수 있다는 생각으로 버텨 왔던 나의 생각을 이제는 버려야 하는가. 아이들의 애타는 눈빛을 보면서 어쩔 수 없이 학원으로 전화를 돌렸다.

"우리 아이가 수학이 부족한데 수학만 강의받을 수 있나요?"

"예비 고1학생들은 고등학교 수업을 따라가기 위해서 종합반으로 편성하였습니다. 마치 학교 수업을 하는 것과 똑같죠."

"우리 아이는 영어는 잘하는데 영어도 들어야 하나요?"

"물론입니다."

"그럼 귀가 시간은 언제인가요?"

"밤 10시입니다."

저녁에 특강 형식의 강의가 더 진행되고 야간자율학습을 하는데 그 이유는 고1이 되면 학교에서 하는 야간자율학습에 적응하기 위해서란다. 그저 웃음만 나왔다. 학교나 학원이나 한결같이 우리 아이들을 입시경쟁 속에서 살아가는 방법을 가르치는 우리의 현실이 어이없었다. 아빠, 엄마가 교사임에도 결국 학원에 보냈다. 고3 담임만 십몇 년을 해 왔고, 입시전문가라고 자임하는 나도 제 자식의 불안함을 달래기 위해 학원에 보낼 수밖에 없는데 일반 학부모들

은 오죽할까. 내신 성적을 위해, 논·구술을 위해 지갑을 열어야
할 것이다.

　그런데 그것보다 더 절박한 문제가 생겼다. 일요일인데도 가족
이 함께 모여 같이 밥 먹을 시간이 없었다. 학원 시간에 쫓겨, 해야
할 숙제에 치여 아이들은 제 방에서 좀처럼 나오지 않았다. 급기야
소리를 질렀다.

　"제발 밥 좀 같이 먹자."

　그제야 풀죽은 아이들의 얼굴이 보였다. 이래서는 안 된다. 가족
의 기본적인 행복을 위해서라도 무언가 다른 방법을 찾아야 한다.
나는 오히려 경쟁에 지친 우리 아이들을 보듬어야 할 교사이기 때
문이다.

10대 결정론

밤 1시가 되자 오히려 거리는 더 소란스러워진다. 아파트 단지 내 큰길에 학원 버스가 줄줄이 도착하더니 학생들이 쏟아져 내린다. 늦은 밤이지만 아이들의 목소리가 높아진다. 내일 아침이면 눈을 비비며 학교에 가고 그렇게 하루 종일 공부하다가 또 한밤중에 귀가하겠지. 문득 몇 년 전에 외국의 한 방송에 비쳐진 우리 학생들의 모습이 떠오른다.

"지구상의 한 나라에서는 이른 아침부터 밤 10시까지 학교에서 공부하는 학생들이 있습니다. 믿거나 말거나"

화면에는 밤 10시가 되어도 불야성을 이룬 우리나라의 학교 모습이 나왔다. 그런데 지금은 밤 1시이다. 정말 "집에 다녀오겠습니다"가 일상적인 인사가 되어 버렸다. 예전에는 그래도 고3 때만 바짝 공부하면 됐는데 이제는 고1도 이미 늦단다. 좋은 대학에 들어가기 위해서는 초등학교 때부터 시작해야 한다니 온 나라가 미쳐

한가희

돌아가는 것 같다. 초등학생들도 놀지 못하고 모두 학원으로 몰려 간다. 아이들의 머릿속에는 오직 논술, 영어, 수학이 차곡차곡 쌓인다.

우리 아이들은 무엇 때문에 이렇게 열심히 공부를 하는 것일까. 그것은 바로 좋은 학벌을 갖기 위해서이다. 그래야만 평생을 편안하게 살 수 있기 때문이다. 그래서 요즘 학생들 사이에 돌고 있는 말이 바로 '10대 결정론'이다. 10대에 이미 인생이 결정된다는 것이다. 무섭다. 남아 있는 더 많은 날의 수고와 노력이 쓸데없는 일이라면 우리의 인생이 너무나 한심하다. 나이 들어가면서, 세상을 알아 가면서 배우는 것이 더 많고 그것 때문에 우리의 인생이 아름다운 법인데 10대에, 그것도 시험을 위해 존재하는 지식을 익히는 것으로 그 사람의 인생이 결정된다면 얼마나 끔찍한 일인가.

"아빠, 나 기다리는 거야?"

가로등 저편에서 딸 녀석이 반색을 하며 달려온다. 고등학교에 들어와서 유난히 수학과목에 부담을 느끼더니 결국 학원 신세를 지고 있다. 학교에서 밤 10시까지 자율학습을 하고 바로 학원으로 달려가 공부를 한 뒤 이제야 귀가를 한다. 도대체 무엇 때문에 이런 고생을 하는지 모르겠다는 아빠의 회의에 녀석은 미소로 답한다.

"나야 하나밖에 안 하는데 뭐. 엄청나게 많이 하는 아이들도 있어."

"그렇게 하고 자기 공부는 언제 한다니?"

고등학생들은 야간자율학습을 하고, 학원이나 과외를 다니는 일이 당연한 논리가 되었다. 학교 수업은 오직 대학 입시와 관련 있는 내용만을 가르쳐야 한다. 모의고사를 치르지 말라는 교육청의 지시를 철저하게 지켜도 안 되고, 아이들의 인성이야 어찌 되었든 명문 대학에 들어가면 교문 앞에 현수막이 걸린다. 고개를 설레설레 저으면서도 개미핥기가 파 놓은 함정에 빨려 들어가는 개미처럼 우리는 경쟁이라는 깊은 늪에 빠져 있다. 파멸로 점점 더 깊이 끌려 들어가면서도 "앞으로 더 행복하게 살기 위해서"라고 말한다.

"피곤하지 않니?"

"이 정도야 대한민국 고등학생들이라면 다 하는 건데, 뭐."

녀석의 웃음이 마치 정답에 길들여진 10대들의 모습처럼 보여 씁쓸하다.

공부보다 더 중요한 일

"할머니, 왜?"

저녁 9시경 전화 소리가 요란하게 울렸다. 제 방에서 공부하던 다은이가 달려 나와 전화를 받았다. 같은 동네에 사시는 어머니께서 전화를 하셨다. 초저녁잠이 많아 이 시간이면 좀체 전화를 하지 않으시는 분인데 오늘은 어디라도 다녀오셨나 보다. 그런데 다은 이의 표정이 그리 밝지 못하다.

"할머니, 어디 아파? 시간이 없는 것은 아닌데, 나 내일 학교에 가야 해. 아니 그렇지는 않아. 아빠한테 한번 물어 보고⋯."

혼자 사시는 어머니께서 요 며칠 동안 새벽 2~3시경에 잠을 깨면 너무나도 어지러워 혼자 계시기가 무서워졌다고 했다. 낮 시간 동안은 멀쩡한데 밤에 잠을 깨면 이상하게 어지러워 못 견딜 정도였기에 오늘은 다은이를 불러 함께 자고 싶다는 것이다.

"아빠, 가도 돼?" "그럼, 가서 친구해 드려라."

집이 가까이 있으니 잠은 할머니 댁에서 자고 아침에 일찍 일어나 학교에 갈 준비해서 등교하면 된다고 말했다. 다은이가 전화를 바꿔 주었다. 어머니께서 나와 통화를 하고 싶어하신다는 것이다.

"여보게. 괜찮겠나. 내가 말이야 좀체 이러지 않았는데 요즘 이상하네. 아침에 다은이 늦지 않도록 보낼게."

지금 보낸다고 하니 비가 추적추적 내리는데도 굳이 마중을 나오신다고 했다. 그래서 다은이에게 얼른 준비하라고 했다. 옆에 있던 하람이가 나선다.

"아빠, 나도 가면 안 돼?"

같이 가라고 하니 혼잣말로 '가도 되나?' 라며 들뜬 표정으로 준비를 한다. 할머니가 직접 자기를 말하지 않았는데 가도 될지 모르겠다고 하면서도 누나보다 먼저 나선다. 그때 마침, 학교에서 늦게 귀가한 아내가 들어왔다. 아이들은 서둘러 상황을 말하고 길을 나섰다.

"공부할 게 많은데….."

아무래도 다은이는 공부가 걱정이 되는지 작은 가방 속에 책을 잔뜩 넣었다.

"공부보다 이 일이 더 중요한 거야."

내가 이렇게 말하니,

"그런가?….."

라고 말하며 남매가 나란히 빗속으로 나섰다.

"무슨 일이 있으면 얼른 전화해라. 엄마, 아빠는 나가서 맛있는 것 먹고 온다."

"아빠, 기다렸다는 듯이 그러는 게 어디 있어."

두 마리 토끼 잡기

나는 올해 초 개봉한 영화 '왕의 남자'를 보고 여느 여고생처럼 '공길'의 여자보다 예쁜 모습에 열광하기보다 장생이 부순 악기들을 안타까워 했고, 풍물패가 입었던 예쁜 민복에 감탄하고, 영화에서 그린 광대들의 모습에 진한 감동을 받았다. 친구들은 그런 내 모습에 의아해하면서도 듣고 이골이 난 듯도 했다. 이런 특이할 바니 특이할 것도 없는 이 모습이 내 모습이다.

나의 이런 모습의 원인은 초등학교 때부터이다. 나는 초등학생 때 가야금을 처음 보고는 가야금의 매력에 흠뻑 빠졌었다. 그런 나는 가야금 연주자라는 꿈을 꾸었지만 '예술'이라는 것의 어려움을 누구보다도 잘 알고 계신 아버지의 만류이신 강압에 의해 그 꿈을 접어야만 했다. 그래서 찾은 것이 풍물이다. 처음엔 6년 동안 쌓던 허전한 곳을 채우기 위한 가야금 대신의 자리였다. 하지만 중학교에서 악기 치는 것에 재미를 들리고 고등학교에서 상모돌리기에 재미를 붙이고 있는 지금 풍물은 나에겐 내 일상, 더 크게는 삶의 일부분이 되어 버렸다.

나는 매일 점심을 일찍 먹기 위해서 뛰다시피 자리를 박차고 나간다. 단지 다른 애들 보다 밥을 빨리 먹기 위한 것이 아니다. 나에겐 그 보다 더 멋진 '신명'이라는 이유가 있다. 1학년 신입생 때 담임선생님은 활동이 많은 동아리에 들지 말라며 동아리 이름과 같은 구체적인 이야기까지 해주신 적이 있다. 하지만 난 담임선생님의 간곡한 말씀을 듣고도 풍물을 포기할 수는 없었다. 결국 난 담임선생님의 말을 한 귀로 흘려버렸다. 그렇게 해서 시작한 것이 수원여고 풍물 동아리 '신명'이다. 우리는 점심·저녁·야자 시간에 연습을 한다. 다른 학교면 아이들의 떠드는 소리로 가득 메워질 체육관을 우리는 악기소리로 가득 메운다. 매일 치는 가락이 왜 이렇게 지겹지가 않은지 매일 돌리는 상모가 왜 이리 재밌는지 매일 매일 반복되는 학교 일상에서 난 작은 변화를 만들어간다. 나는 그 변화를 만듦으로써 친구와 즐겁게 보내는 점심·저녁 시간과 귀중한 야자 시간, 친밀한 친구관계 혹은 주말시간(연습때문에) 등 많은 것을 놓쳐야만 했다. 하지만 풍물을 통해 평생을 같이할 인연들을 만났고, 내게서 풍물을 빼고선 나를 제대로 말할 수 없을 정도가 되었다.

그렇지만 내 꿈을 굿쟁이라고 생각한다면 큰 오산이다. 나는 방송 분야에서 일하는 것이 꿈이다. 그래서 공부를 열심히 해 대학에 가야한다. 하지만 풍물과 공부 두 마리 토끼를 모두 잡으려는 내 모습에 옆에선 아빠가 혀를 끌끌 찬다. 나는 내가 행복하기 위해 살아간다고 생각한다. 풍물은 지금의 행복이고 꿈은 미래의 행복이다. 그래서 난 풍물을 포기 할 수 없다. 나는 훗날 지금 공부를 더 열심히 하지 못한 것에 대한 후회를 할지 모르겠지만 지금 두 마리 토끼를 잡으려는 노력은 후회하지는 않을 것이다. 아마 지루하지 않은 고등학교 생활을 하는 것에 감사할는지도 모른다. 나는 오늘도 두 마리 토끼를 잡으려는 행복한 고딩이 된다 ^___^

함연주

온 식구가 한바탕 웃음을 터뜨렸다.

"우리 엄마는 다은이가 그렇게 좋은가?"

"다은이는 사람을 편하게 해 주는 매력이 있잖아. 그게 그 녀석의 장점이 되는 거지. 게다가 요즘 자기 나름대로 다부지게 공부를 하고 있고. 얼마나 예쁜지 몰라. 그러니 하람이도 제 누나를 잘 따르지."

아이들이 할머니 댁에 도착할 즈음에 어머니와 통화를 끝낸 아내와 인근 주점에 나갔다.

다음날 아침 일찍 들어온 아이들에게 물으니, 새벽에 할머니가 불러 모두 함께 한 방에서 잠을 잤다고 했다. 할머니가 해주신 묵으로 아침을 먹고 등교 시간에 맞추어 왔다. 하람이는 잠이 모자란다며 다시 이불 속으로 들어갔다.

4.
학교야, 학교야

김현지

4.
학교야, 학교야

욕심꾸러기

원어민 교사가 새로 왔다. 캐나다에서 왔다는데 아주 젊다. 인상이 무척이나 선하게 생겼다. "안녕하세요?"라고 말하니 그도 "안녕하세요?"라며 우리말로 인사를 한다. 원어민 교사가 새로 오니 아이들이 가장 신나 한다. 쉬는 시간이면 교무실 복도에 몰려와 어떻게라도 한마디 해보려고 난리다. 저희들끼리 제대로 터지지 않은 영어로 억지로 한마디하고 까르르 웃어 버린다.

차마 원어민 교사가 앉아 있는 쪽으로 가지 못하고 이 구석에서 빙긋거리고 있는 아이에게 "왜 저리로 안 가고 여기서 이러고 있니?"라고 말하니 녀석은 수줍은 미소를 띠며 "저는요. 그래도 문학 선생님이 더 좋아요"라고 말하며 벙긋 웃는다. 순간적으로 둘러대는 솜씨도 예쁘다.

처음 우리 학교에 와서 수업할 때는 참 답답했었다.

아이들이 왠지 주눅 들어 보였기 때문이다. 수업을 하면서 질문을 던져도 좀처럼 입을 열지 않았다. 모두들 수업에 열중하는 것 같지만 정말 어느 정도로 이해하고 있는지 알 수 없었던 것은 무표정과 침묵으로 대하는 아이들의 모습 때문이었다.

"얘들아. 무서워. 너희들의 무표정한 모습이 나를 전율하게 해."

조금은 과장된 몸짓으로 너스레를 늘어놓아도 아이들의 표정은 심드렁했었다.

"우리, 막 떠들자. 틀려도 괜찮으니 대답도 막 하고, 모르면 그 자리에서 질문하고…."

조금씩 아이들은 다가오기 시작했다. 마음의 문을 열었다. 이제는 복도에서 마주쳐도 어색한 웃음으로 지나치지 않는다.

"어머, 선생님이다. 안녕하세요?"

"DN짱 기다렸어요."

물론 DN짱은 내 별명이다. 저쪽 학교에서 아이들이 붙여 준 별명인데 여기까지 따라왔다. 아예 내 수업은 'DN짱의 논술연습장', 'DN짱의 문학수업' 처럼 'DN짱' 이 붙는다.

"우리 아이들, 참 좋죠?"

옆 자리의 선생님도 올해 우리 학교로 옮긴 터라 아이들에 대해 자주 이야기를 나눈다.

"예. 정말 야단칠 거리가 없어요."

아직 도시물이 채 들지 않은 아이들의 모습을 보면서 가끔은 예전의 시골 아이들을 떠올릴 정도이다. 그래도 스스럼없이 교사들을 따른다.

그래서 자꾸만 욕심이 생긴다. 우리 아이들에게 무언가 더 크고 넓은 것을 알려 주고 싶다. 올곧은 길을 갔던 선인들의 삶을 배우게 하고 싶고, 아름다운 시와 노래를 즐기던 풍류객들의 여유로움을 함께 나누고 싶기도 하다.

개인적으로도 아이들 곁에 머무른 시간이 많으면 많을수록 신나게 학교생활을 했다. 그래서 요즘은 좀 지루한 편이다. 내년에는 꼭 다시 담임을 해야겠다는 결심을 하루에도 몇 번이고 해본다. 아이들의 밝은 표정이 교사들에게는 힘이 되고 활력소가 되는 법이다.

지금까지의 교직 생활 중 담임을 하지 못했던 것은 발령 첫해와 작년, 그리고 올해이다. 이제는 아마도 담임을 하기보다는 못하는 시간이 더 늘어날 것 같다. 내가 원하더라도 우리 아이들이 더 젊은 교사들과 함께 지내기를 원할지 모른다.

그래도 애들아. 난 너희들 곁이 가장 좋은 걸. 후후.

오늘 내가
걸어간 발자국은

'서당개 삼 년이면 풍월을 읊는다'고 했다. 한 가지 일을 오래 하다 보면 문리가 트이는 법이라는 의미이다. 무슨 일이든 계속 반복해서 하게 되면 자연스럽게 이치를 깨닫게 되고 요령을 알아 간다. 경력이 어느 정도 쌓이면 쉬운 방법을 찾아내기도 한다. 그러다 보니 '썩어도 준치'라는 말이 생긴 것도 같다.

그러나 가르치는 일은 그렇지 않다. 더구나 사람을 가르치는 법에는 특별한 왕도가 없어 보인다. 이렇게 하라, 저렇게 하라 다양한 교육 기술이 개발되지만 먼 옛날부터 지금까지 그렇게 크게 바뀐 것 같지는 않다. 다만 이름만 바꾸어 자꾸 새로운 이론이 소개되고 있을 뿐이다. 그리고 어떤 이론이라도 정답이 없어 보인다.

사람을 가르칠 때에는 가르치는 기술보다는 마음이 더 중요하다. 가르치는 자가 어떤 마음으로 학생들을 대하느냐에 따라 학생들의 마음이 열리고 그 가르침을 받아들이게 된다. 학생들의 마음

손이래

이 열리기 시작하면 그들은 교사의 세계관을 배우게 된다. 그래서 교사의 세계관은 중요하다. 항상 올바르게 형성되어 있어야 한다. 겸손하고 남을 배려하는 자세가 몸에 배어 있어야 하며 절제해야 한다.

우리 조상들은 학동들을 가르칠 때에 의관을 정제하고 마음을 평온하게 하고 언행을 삼갔다. 이는 남에게 보이기 위해 의도적으로 한 행동이 아니라 가르치는 자의 자세를 엄하게 하기 위해서였다. 그 까닭은 앞선 자가 어떤 태도를 보여 주느냐에 따라 학생들에게 미치는 영향이 크기 때문이다.

최근 들어 교사들은 가르치는 기법에는 많은 신경을 쓰지만 마음가짐을 기르지 않는다. 우리나라에 밀려 들어온 경제논리는 교육에도 들어와 최단 시간에 효과를 볼 수 있는 학습방법이 강조되고, 입시에 가장 좋은 성적을 올릴 수 있는 교수방법이 강조되고 있다. 창의성조차도 외워야 하는 현실 속에서 학생들 역시 어렵게 공부하기보다는 좀더 쉽고 간편하게 공부하는 법을 익히려고 한다. 자신이 관심이 없는 과목은 아예 공부하려고 하지 않는다. 관심 있는 교과목이라 할지라도 대학에 들어갈 수 있는 정도만 하려고 하며 그 방법을 쉽고 재미있게 가르치는 교사를 찾아 다니는 기현상이 나타나고 있다.

踏雪野中去(답설야중거)　눈 덮인 들판을 걸어갈 때
不須胡亂行(불수호난행)　함부로 걷지 말지어다.
今日我行跡(금일아행적)　오늘 내가 걸어간 발자국은
遂作後人程(수작후인정)　뒷사람의 이정표가 되리니.

　서산대사가 남긴 이 시는 현대를 살아가는 우리에게 시사하는
바가 크다. 더욱이 후학을 가르치는 교사들에게는 몇 번이고 새겨
야 할 금언이다. 가르치는 기법만 뛰어난 교사가 바람직한 것은 아
니다. 그저 교과서에 있는 지식만 전달하고 할 일을 다했다는 자세
는 경계해야 한다. 우리의 아이들이 내가 걸어간 발자국을 표지로
삼아 눈길을 헤쳐 나갈 지혜를 찾아내기도 하기 때문이다.

꽃술에도 많고 적은 차이가 있으니

毋將一紅字(무장일홍자) 붉다는 한 글자로
泛稱滿眼花(범칭만안화) 눈앞의 온갖 꽃을 말해서는 안 된다.
花鬚有多少(화수유다소) 꽃술에도 많고 적은 차이가 있으니
細心一看過(세심일간과) 꼼꼼히 하나하나 살펴보아라.

(박제가 〈爲人賦嶺花〉)

조선 후기 실학자의 한 사람인 박제가의 글을 읽다가 온몸이 저려 와 그만 책을 덮었다. 이 시는 정민이라는 국문학자가 우리말로 풀어놓았다. 선생은 이 시를 소개하면서 시는 우리에게 사물을 보는 방법을 가르쳐 주며 시인은 남들이 보지 못하는 것을 볼 줄 아는 사람이라고 말했다.

그런데 나는 우리 아이들의 모습이 떠올랐다. 제 버릇 개 못 준

다고 툭하면 아이들을 떠올리는 버릇이 여기에서도 나왔다. 사람은 우선 자기의 경험을 기준으로 사물을 판단한다는 말로 스스로 위로하며 나를 돌아보았다.

이번 겨울방학에 나는 1학년 교실에 수업을 들어갔다. 겨울방학 기간 동안 보충수업을 지원하기 위해서였다. 내가 맡은 학급은 모두 3개 반이었다. 같은 학교에 있어도 자기 교실에 들어오지 않는 교사가 누구인지 모르는 요즘—그래서 학교가 너무 커지면 싫다. 교사만 100여 명이 되어 누가 누구인지 잘 모르고, 학생들은 무려 1,500명 가까이 되니 아이들과 따뜻한 말도 여유롭게 주고받지 못한다. 불과 20일이 채 안 되는 짧은 기간에만 들어오는 교사에 관심이 있을 리 없다.

나 또한 아이들의 이름도 모르는 상태에서 오직 수업만 할 뿐이었다. 교재가 준비되지 않은 아이들은 때려 준다는 협박을 하면서 빌려 놓기라도 하고 옆 사람과 떠드는 아이에게는 험한 말을 하면서 주의를 주기도 했다. 이렇게 하다 보니 목은 금방 잠기고 몸은 축 늘어졌다.

왜 이렇게 말을 듣지 않을까. 아이들은 유난히 산만했고, 내 수업이 아이들에게 받아들여지는 징후는 보기 어려웠다. 도대체 3학년 아이들과 차이는 무엇이기에 이렇게 힘들지. 어렵게 하루가 가고 일주일이 갔다.

아마도 이 시를 대하지 못했다면 나는 여전히 힘든 한 주간을 보낼 것이다.

이 세상에는 수많은 꽃이 있다. 그 생김새는 모두 다르고, 색깔도 다양하다. 한 송이의 꽃에도 꽃잎이 있고 꽃술의 모양이 다르다. 물론 그 쓰임새도 다양하다. 그런데 우리는 간단하게 한 송이의 꽃이라고 하여 집단으로 판단한다. 아이들도 마찬가지이다. 한 반에 있어도 모두들 모습이 다르고, 생각이 다르다. 그래서 아이들을 개인으로 보아야 한다. 그럼에도 불구하고 나는 그냥 집단으로만 보았던 것 같다. 그러다 보니 꽃잎에게는 꽃술을 닮지 않았다고 야단 치고, 노란 꽃을 붉지 않다고 혼냈다.

감동은 깨달음에서 오고 깨달음은 행동을 통해 완성된다. 이제 이 시를 읽고 느낀 저릿한 감동을 행동으로 옮겨야겠다. 내일부터는 아이들 하나하나의 마음을 살펴야겠다. 정말 끝없이 배우고 깨달아야 한다. 꿈돌

손이래

몸으로 가르치니

화단에 제비꽃이 예쁘게 피었다. 구석에 피어 눈에 잘 띄지는 않지만 고운 보랏빛은 여전했다. 반가운 마음이 들었다. 완연히 달라진 기온 탓인지 아이들의 발걸음이 한결 가벼워 보인다. 오늘 아침에도 꽃보다 더 예쁜 우리 아이들이 햇살을 받으며 등교했다.

"어제는 교내 쓰레기통에 컵떡볶이가 수북이 쌓였어요. 그래서 방송을 하였습니다. 그랬더니 놀랍게도 오늘은 깨끗하네요. 정말 놀라워요."

학생부장의 말을 들으니 깨끗한 쓰레기통이 눈에 들어온다. 어제까지만 해도 컵떡볶이의 쓰레기가 가득했는데 오늘은 깨끗하다. 컵떡볶이는 떡볶이를 컵에 담아 파는 것으로 우리 아이들에게 아주 인기 좋은 간식거리이다. 그러나 먹고 나면 컵에 양념이 가득 담겨 있어 처리가 곤란하다. 시간에 쫓기는 아이들인지라 급히 먹고 입구에 있는 쓰레기통에 버리고 교실로 들어가는 바람에 쓰레

손이래

기통 주변이 늘 지저분했다.

"여러분, 오늘 아침 등굣길에 보셨듯이 여러분이 먹고 버린 컵떡볶이로 쓰레기통이 가득 찼습니다. 이제는 분식집에서 다 먹고 오시길 바랍니다."

어제 저녁, 수업이 거의 끝날 때 이런 내용의 방송이 나왔다. 나는 그냥 듣고 지나쳤는데 아이들은 마음에 담아 둔 모양이다. 학생부장도 기대하지는 않았다고 했다. 그런데 오늘 아침에 보니 쓰레기통이 너무나 깨끗하여 감탄했다는 것이다.

"확실히 우리 아이들은 가르치면 되는 것 같아요. 야단치기 전에 우리가 먼저 왜 그래야 하는지 잘 설명하면 모두 듣네요."

대체로 학생부장이나 학생부 교사는 아이들에게 좋은 인상을 주지 않는다. 하지 말라는 말을 많이 하고, 학생 관련 일이 터지면 가장 먼저 대하게 되는 분들이기 때문이다. 이러니 학생들이 가장 경계하고 멀리한다. 그러나 최근에는 많이 바뀌었다. 아이들도 다른 선생님께 하듯이 친밀하게 다가간다. 사실 학생으로부터, 학부모로부터 온갖 싫은 소리를 감내해야 하는 학생부서는 교사들의 기피 부서가 된 지 오래다. 교사로서 품위(?)를 지키면서도 아이들에게 듣기 좋은 소리를 하면서 지내는 것이 훨씬 좋은데 굳이 싫은 소리 듣고 여차하면 감당하기 힘든 일도 겪어야 하는 자리는 아무래도 모두들 꺼리게 된다.

그러나 요즘 우리 학교 학생부 선생님들은 먼저 자신들이 움직인다. 일탈을 꿈꾸는 아이들에게서 규범을 지키는 것의 소중함을 가르쳐 주기 위해 새벽부터 밤늦은 시각까지 몸으로 뛰고 계신다. 그들이 몸으로 뛰면서 가르친 효과가 서서히 나타나고 있다. 선생님들이 교문 앞에 서서 큰소리로 건네는 인사에 머뭇거리던 아이들이 이제는 자연스레 먼저 인사한다. 쓰레기가 보이면 먼저 줍는다. 예전의 경직된 등굣길이 아니라 활기찬 밝은 아침 시간이다. "몸으로 가르치니 따르고 입으로 가르치니 반항한다"는 말이 있다. 훌륭한 가르침이 무엇인지 그분들의 행동이 보여 주고 있다.

아이들의 아침 등굣길을 지켜 보다가 제비꽃을 보았다. 작지만 그들이 있어 지구는 아름다운 곳이 된다. 마찬가지로 묵묵히 자기 할 일을 해내는 교사들이 있기에 학교는 그래도 희망이 있는 곳이다. 꿈돌

교사의 행복

모처럼 행복한 자리였다. 어느덧 서른을 넘긴 성인이지만 나에게는 여전히 고3의 모습으로 남아 있는 아이들과 함께하는 시간은 참 즐거웠다.

"요즘 학교는 어떤가요? 힘드시지 않나요?"

최근 들어 부쩍 교육관계 기사가 많이 보도되자 아이들은 오래전의 제 담임을 걱정하기 시작했다.

"공교육 살리기 정책을 시도하면 할수록 사교육은 더 살아나게 되어 있어요."

강남 지역에서 미술 과외를 하는 탓에 사교육 혜택을 받고 살아간다는 수진이, 구로의 한 중학교에서 사교육과는 거리가 먼 아이들에게 수학을 가르친다는 영범이, 어느새 일곱 살짜리 아이의 엄마가 되어 자녀 교육을 고민하는 혜선이…. 내신등급제니, 교원평가제니 하는 얘기가 그들의 화제에도 오르는 것을 보면 이 문제가

세상은 너무 크고
나는 너무 작았다.
그것이 내가 내린
세상에 대한 정의.

by.
미지

김미지

초미의 관심사임에는 틀림없나 보다.

중간고사가 끝나고 나자, 고등학교 1학년 학생들을 중심으로 내신등급제 시행에 따른 우려가 크게 부각되었다. 한 번 잘못 본 시험으로도 대입에 큰 영향을 미치는 내신등급제의 폐단을 찾아낸 학생들이 구체적으로 행동하기 시작하였고, 이에 교육부는 서둘러 보완대책을 마련했다. 내신 반영 비율은 줄이고 논술과 심층면접의 비중을 높이겠다고 하자 강남권에서는 환영의 목소리가, 비강남권에서는 우려의 목소리가 높아졌다. 공교육 강화를 위한 획기적인 제도라고 발표한 2008학년도 대입제도도 서서히 누더기가 되고 있는 것 같다. 그 와중에 지금 고3 학생들은 '저주받은 89, 재수 없는 88, 소외받은 87'이라며 소외감을 표출하고 있다.

'내신등급제'의 목소리가 잦아들자 이번에는 '교원평가제'가 교육계를 강타하고 있다. '교사의 전문성 신장과 학교 교육 신뢰 회복을 위해서' 도입한 제도라고 하는데 교육부 게시판에 올라온 글에는 "현재 교육부에서 진행하려는 교원평가는 가진 자들의 요구에 의한 것이다. 없는 사람은 수업참관 자체가 어렵고 결국 부담 없고, 시간적 여유가 있는 이들이 참여하여 평가하게 되어 있다"라는 의심의 눈초리도 있는 것을 보면 이 역시 많은 저항을 받을 것으로 보인다.

한참 동안 내신등급제와 교원평가제를 놓고 갑론을박을 벌이던 아이들의 시선이 다시 나에게로 돌아왔다.

"제 남편은 선생님에 대한 기억이 나빠요. 학창시절 좋은 선생님을 만나지 못했대요. 그래서 저를 참 부러워해요." "직장에서 고등학교 담임선생님을 만난다고 하니 이상하게 생각하더라고요. 아직도 담임을 만나냐고요."

　자기 자리를 찾아 열심히 살아가는 아이들이 자랑스러워 행복한 눈으로 그들을 바라보았다.

　일본에서 공부하다가 잠시 들어왔다는 혜아, 화장품 회사의 마케팅 팀장으로 일하는 영훈이, 우리들의 영원한 반장인 병현이와 함께하는 시간이 즐거웠던 이유는 그들의 내신 등급이 높았기 때문이 아니고, 그들에게 비쳐진 나의 평가가 좋기 때문이 아니었다. 한때 나와 함께 시간을 보낸 아이들이 당당하게 제 삶을 살아가기 때문이었다.

큰 교사

"수많은 일들이 네 앞에서 너를 기다리는지라 조금의 시간도 내기 힘들겠지만, 세상에 포기하지 않고 얻을 수 있는 것은 아무것도 없겠지. 올 겨울은 너 자신을 위한 시간을 만들어 보라고 유혹의 메시지를 보낸다."

책상 위에 낯익은 필체의 편지가 놓여 있다. 아주 오랜 친구가 보낸 편지다. 아련한 그리움이 확 밀려왔다. 어느 날 갑자기 눈앞에 나타나 너스레를 떨다가 거짓말처럼 사라져 인도의 어느 한 시골에서, 히말라야의 눈 덮인 산정에서 모습을 드러내곤 하던 친구였다.

내가 그를 만난 것은 기반을 막 갖추어 가던 어느 도시의 신설학교에서였다. 비슷한 연배의 교사로 만나 무수한 밤을 교육에 대한 고민으로 지새우며 우리는 우정을 쌓아 갔다. 그때까지만 해도 나는 그와 같은 길을 가는 줄로 알았다. 하지만 어느 순간 그는 세계

선생님은 __가로등__ (이)다
선생님은 __친구__ (이)다
선생님은 __마술사__ (이)다
선생님은 __바다__ (이)다
선생님은 __개그맨__ (이)다
선생님은 __촛불__ (이)다
선생님은 __나침반__ (이)다
선생님은 __네잎클로버__ (이)다

강효심

로 나갔다. 게으른 내가 시간이 없다고 핑계하며 아이들 주변에서만 머무르고 있을 때 그는 여기저기 벗어나 다양한 세상을 경험하고 있었다.

"올 1월에는 20여 일 정도 인도를 다녀왔구나. 오랜 기간 동안 가슴에 담고 있던 인도였고, 나름대로 많은 생각과 경험이 있었지만, 화두는 '어떻게 살아야 할 것인가'의 문제였다. 여전히 안개밖에는 보이지 않았지만 그래도 혼자 생각할 수 있는 시간을 갖는 것만으로도 좋은 여행이었다."

교사의 길은 참으로 다양하다. 어디로 가야 아이들에게 더 많은 것을 주게 될지는 아무도 모른다. 가르치는 당사자도 자신할 수 없다. 교사의 역할이 교과서를 가르치고 학교 현장에서 아이들과 함께하는 것으로 끝나지는 않는다. 그의 말과 행동에서 아이들은 삶을 배우고 그의 생각을 통하여 아이들은 커 간다. 교사를 통하여 아이들은 다양한 사고를 하고 미래 사회의 주역으로 성장한다. 그러므로 교사의 다양한 경험과 열린 사고는 매우 중요하다. 그들이 세상을 배우고 돌아와 삶의 지혜를 가르치는 큰 교사가 되어 큰 교육을 할 수 있도록 해야 한다.

그러나, 최근 우리 사회는 교사를 단순한 지식 전달자로 자리매김하는 경우가 많다. 학생, 학부모는 물론이고, 교사 스스로도 자신의 역할을 지식 전달자 정도로 국한하는 사람이 늘어나고 있다. 냉소적인 교육 풍토에서 저절로 익힌 삶의 방편인지는 모르겠지만, 이러한 교사가 늘어날수록 학교는 생기를 잃는다는 점이다. 더넓은 세계를 경험하고, 삶의 지혜가 풍부한 교사가 교단에 서서 큰 가르침을 베풀 때, 우리 아이들은 비로소 큰 가르침을 받게 된다.

"너는 여전히 3학년 부장이더구나. 끈질기게도 3학년과 너와의 인연은 질기지만 조금은 재충전이 필요한 시기는 아닌지 괜한 노파심이 드는구나."

잔잔하게 충고하는 친구의 말이 아프게 파고든다. 내가 우물 속에 사는 동안 그는 지혜의 바다에서 큰 삶을 살았고, 그가 큰 교사로 아이들 앞에 서고 있을 때 나는 더 이상 퍼 줄 것이 없는 교사가 되어가고 있었다. 그의 충고를 진지하게 받아들여 이제는 나도 지혜로운 교사가 되어 큰 교육을 하고 싶다. 우리 아이들에게 삶의 지혜를 가르치는 큰 교사가 되고 싶다.

경쟁과 평준화

"경쟁은 필요하다고 봐요. 모두가 다 똑같은 교육을 받게 되면 우리 사회의 경쟁력은 클 수 없어요."

어느 정도 분위기가 무르익었다고 생각했는지 옆 좌석에 앉은 분이 조심스럽게 말을 꺼낸다. 그분의 생각은 어느 정도의 경쟁력을 키울 수 있는 장치를 마련해야 한다는 것이다.

"물론 경쟁력이 있어야 하지요. 우리가 기꺼이 세계와 경쟁하기 위해서는 당연히 경쟁력을 키워야 합니다. 그런데…."

나는 잠시 말을 끊었다.

"우리가 생각하는 경쟁력은 세계 속에서 살아가기 위한 경쟁이 아닙니다. 기껏해야 나에게 유리한 옷을 입기 위한 경쟁이죠. 어떤 사회에 들어가느냐에 따라 그 사람에 대한 평가가 좌우되는 사회에서 살아 남기 위한 경쟁이라는 데 문제가 있는 거죠."

우리 사회의 연고주의, 한 번 그 사회에 발을 들여놓으면 별다른

김미연

노력을 하지 않아도 되는 지긋지긋한 학벌이 한국인을 병들게 하고 있다라는 의미로 의견을 내니 어느 정도 수긍한 표정이었다.

우리는 흔히 경쟁을 통해 자신의 실력을 키워야 한다는 생각을 한다. 크게 잘못된 견해라고는 할 수 없다. 그것은 경쟁이 없다면 정체되기 쉽기 때문이다. 그러나 평준화가 우리 교육의 학력 저하를 가져왔다고 일제히 공격하고 그 옛날에는 고등학교에 들어가기 위해 밤을 새워 공부했다는 둥, 그때야말로 공부하려는 열정이 있다는 둥 현재의 교육의 병폐가 오직 평준화 때문에 왔다는 투로 말하기 위해서 경쟁을 운운한다면 문제가 있다. 과연 그렇게 경쟁해서 얻으려고 하는 것이 실력이었던가. 그보다는 명문고, 명문대학으로의 진학이 우선이었고, 부수적으로 따라오는—어쩌면 더 큰 열매일—학벌 사회로의 편입을 위해 머리를 동여맨 것은 아니었던가.

한 번 학벌 사회로 편입되어 명문에 소속되기만 하면 그에게는 평생을 따라다니는 혜택이 주어진다. 한 개인이 어떠한 노력을 하는가는 그리 중요하지 않다. 반면 학벌 사회로의 편입에 실패한 사람은 평생 동안 노력해도 좀처럼 기회가 찾아오지 않는다. 한국 사회 전체가 명문고, 명문대에 들어가기 위해 경쟁하는 것은 결국 자신의 안일을 위함이다.

이 경쟁에서 승리하기 위해서는 점수가 좋아야 하고 그렇게 하기 위해서는 수단과 방법을 가리지 않는 현상이 나타난다. 올해 우리 아이들의 교과목 선택은 대학 입시와 연관이 된다. 우리말보다는 외국어를 더 많이 선택하고 일본이나 중국의 역사 왜곡에 대해 분노하면서도 제 역사는 어두운 엉뚱한 일이 벌어진다. 전국의 수

험생 중에 아랍어를 선택한 학생은 단 한 명이라는 웃지 못할 일도
벌어진다.

평준화란 교육 기회의 균등화를 의미한다. 시험 문제를 더 맞추
기 위해 허비하는 학생들의 정열을 좀더 다양하고 폭 넓은, 그리
고 깊이 있는 학문 연구로 방향 전환하자는 의도였다. 모든 아이
들에게 균등한 기회를 제공하고 그것을 바탕으로 세계와 당당하
게 겨룰 수 있는 실력을 키우라는 것이다. 자신의 실력으로 세계
와 경쟁해야지 학벌이라는 겉옷은 세계에서는 통하지 않기 때문
이다.

마당 쓸기

천년의 고찰을 잿더미로 바꾼 불 소식에 안타까워하고, 독도의 소유권을 주장하는 이웃나라의 억지에 분노하면서 겨울은 완전히 떠나갔다. 돌 틈에서 삐죽이 꽃을 피운 민들레를 보면서, 따뜻한 햇살을 온몸으로 느끼면서, 아이들의 목소리에는 생기가 넘친다.

올해 들어 학비 지원을 신청하는 학부모들이 늘어났다.

해마다 학기초에는 아이들의 가정환경을 조사하여 어려운 형편에 있는 학생을 돕도록 하는 제도가 시행되고 있다. 그러나, 올해는 예산이 줄어들어 대상 학생을 줄여야 한다는 공문이 내려왔다. 작년보다 더 늘어난 지원 대상 학생 중 누구는 빼야 하고, 누구는 집어 넣어야 한다는 사실이 담임교사를 힘들게 하였다. 급식비를 감당할 수 없는 아이, 학교수업비와 운영비를 내는 것이 정말 어려운 형편인 가족, 과외·학원비는커녕 학교 보충학습비도 낼 수 없는 형편인 아이들을 보면서 우리는 모두 마음이 어두워졌다.

김진아

"우리 아이가 주간학습지를 하고 싶어하는데 어떻게 하면 좋을까요?"

우리 학교 학생은 아니지만 도움을 요청한다며 조심스럽게 전화를 걸어 오신 학부형의 목소리는 삶의 힘겨움이 묻어났다.

고3이 된 아이가 언어영역과 관련된 학습지를 하고 싶어하는데 그게 만만찮은 돈이 들어 다른 방법을 찾고 있다고 했다. 웬만한 과외는 과목당 3, 40만 원을 호가하고 학원 역시 비싸니 가난한 사람은 공부도 하지 말라며 좋은 방법을 찾아 달라고 했다.

교육부에서는 인정하고 싶지 않겠지만 올해 들어 오히려 사교육비가 늘어났다는 사실은 학생과 학부모들이 갖는 막연한 불안감을 말해 주는 것이다. 무언가 바뀌긴 바뀌었는데 어떻게 해야 할지 방법을 찾지 못한 학생, 학부모들은 쉽게 학원, 과외의 문을 두드리게 된다. 최근 들어서는 논술, 독서 등의 새로운 입시 경향에 대비한 강좌에도 비싼 돈을 들여야 하게 되어 사교육비 부담은 더욱 커졌다.

교육방송의 여러 강좌를 잘 활용해 보라고 말씀드리고 구체적인 방법을 일러 주었다. 그런데 이 방법은 또 성능이 좋은 컴퓨터를 사야 한다는 문제점이 있었다. 그래서 근처의 '문화의 집'이나 학교 컴퓨터실을 이용해 공부하되 꾸준히 하라고 부탁을 하고 전화를 끊었다.

요즘 학교에서는 '성적은 부의 재생산'이라는 말을 한다. 부모들의 부가 아이의 성적을 좌지우지하는 시대가 된 것이다. 가난한 집 아이들이 열심히 노력하여 성공하는 모습을 찾아보기 힘들게 된 것은 교육에도 경제 논리가 들어온 이후였다. 공부도 부잣집 아이들이 잘하게 된다.

　그러나 우리는 '마당 쓸기'라는 아름다운 풍습을 지니고 있는 민족이다. 부잣집 마당을 누군가가 이른 새벽에 쓸어 놓으면 마을 내 굴뚝에서 연기가 나지 않는 집을 찾아 아무도 모르게 마당에 양식을 가져다 놓아 굶주림을 면하게 하는 것이다. 하물며 가르침을 베풂에 있어서랴. 부잣집 아이이든, 가난한 집 아이이든 배움에는 공평해야 하는 법이다. 더디 오기는 했지만 계절의 변화는 누구에게나 똑같기 때문이다. 🔲

꿈을 키우는 직업

"교감선생님은 어떻게 되는 거예요?"

수업 중에 한 아이가 질문을 한다. 학교 내에서 교사의 역할에 대해 궁금했나 보다. 사범대에 진학하고자 하는 아이들이 제법 있기에 이번 기회에 교직에 대해서 설명하는 게 좋겠다. "교직 사회는 교사, 교감, 교장으로 나뉜다. 교사는 어떻게 되는지 아니?"

고3 아이들이기 때문에 그런 정도는 알고 있었다.

"그래. 사범대나 교대에 진학해서 일정 과정을 이수한 다음 임용고시를 보고 합격하여 발령받는 방법이 있고, 일반대학의 교직과정을 이수한 다음에 임용고시에 합격하여 발령받는 방법이 있지. 아니면 교육 대학원에 진학하는 방법도 생각할 수 있고."

최근 들어 나타난 교직 선호 현상은 매우 아이러니하다. 마치 사회의 독인 양 교사를 비하하고, 학교를 조롱하는 목소리가 상대적으로 높아지는 데도 사대나 교대의 합격선은 매우 높은 편이다. 교

누구나 살아가면서 이루고 싶은 것들이 많습니다.

저 또한 마찬가지 입니다. 저의 꿈은 '선생님'을 만나는 일입니다.

저의 수많은 꿈들 중에 무엇이 정말한 꿈인지 모르겠만 이 일은 꼭 이루려 하는 일입니다.

현재 고2. 18년을 살면서 11년을 등교했고 수많은 선생님들과 만남과 헤어짐을

반복했습니다. 한 해가 지나가도 저에게 달라지는 점은 없었습니다.

저를 기억해 주시는 선생님은 거의 없었고 저또한 실망스러웠습니다.

제 기억 속에 선생님들은 참 많지만 존경할 수 있는 선생님은 없었습니다.

저의 꿈은 아직 스케치조차 하지 못한 백지이지만 언젠가는 멋진 그림이 완성될 겁니다.

꿈을 이룬다면 저도 누군가의 꿈을 완성시켜 줄 수 있는 사람이 되고싶습니다.

표정은

직은 미래를 길러 내고 생명 존중을 가르치는 일이라기보다는 안
정적인 직장으로 선택하는 것 같아 속상하다. 아이들에 대한 사랑
과 희생보다는 개인의 안정된 생활을 위해 교직을 선택하는 사람
이 많다면 그만큼 교육은 허술해지는 것이 아닐까.

아이들의 질문에 나의 답변은 이어졌다.

"그렇게 교직에 들어온 뒤 어느 정도 시간이 지나면 교감이 되고
교장이 되는 거예요. 물론 요즘 들어서는 교장선생님도 임기를 마
치면 다시 평교사로 돌아가기도 하지만 아직은 승진이라는 생각으
로 바라보는 것 같아요."

"교장선생님이 다시 수업을 해요?"

"네, 그래요. 교사 중에서 가장 중요한 역할을 하시는 분들이 누
구일까?"

교장, 교감, 부장교사 등등 아이들이 알고 있는 직함은 모두 쏟
아진다.

"가장 중요한 분은 바로 여러분의 담임선생님이예요."

학교에서 담임교사의 역할은 참으로 중요하다. 아이들과 가장
가까이 있으면서 그들에게 많은 영향을 끼친다. 담임교사의 성향
에 따라 아이들의 행동은 크게 달라진다. 교직의 중심에 있으면서
가장 보람을 느낄 수 있는 위치이다. 그러나 최근 들어 교사들은
담임을 기피하고 있다. 학급 업무에 대한 부담 때문이다.

"우리 친구들 중에도 교사의 꿈을 가지고 있는 친구들이 많이 있
죠. 부자가 되기 위해서, 편하게 살기 위해서 교직을 선택하면 안
됩니다. 교사는 꿈을 키우는 직업입니다. 교사의 말과 행동에 따라
그 꿈이 아름다워지기도 하고 상처를 입기도 하죠. 내가 왜 교직을

선택할까를 잘 생각해 보세요."

공교육을 사교육과 단순 비교하여 지식 전달을 최고의 가치로 몰아가는 현실에서 그래도 아이들의 미래를 염려하는 교사들은 더 필요하다. 수업을 마치고 교무실로 돌아오니 젊은 체육 선생이 보낸 쪽지가 가슴에 다가온다.

"잘못된 행동을 보고도 그냥 지나치는 일은 앞으로도 없을 것입니다. 그 정도도 못한다면 저는 이미 선생님이 아니겠지요. 지식의 전달도 선생님의 몫이지만 선생님이 있어야 하는 가장 큰 이유는 바른 인성을 지닌 사람을 만드는 것이 아닐까 조심스레 생각해 봅니다."

교육은 '만남'이다

"그것이 의미 있기 위해서는 무엇보다도 삶과 삶의 만남이어야 하고, 동시에 앞선 사람의 삶은 뒤에 있는 사람에게 자신의 미래에 대한 '꿈'과 '이상'을 실현하려는 의지를 갖게 해 주는 것이어야 합니다. 교육은 만남을 통해서만이 가능한 것이고 '만남'을 통한 교육은 결국 '삶을 위한 교육'인 동시에 '자유함을 위한 교육'이기도 한 것입니다."

성공회 대학교 고병헌 교수는 '교육은 만남'이라는 글에서 이렇게 말했다.

우리나라의 교육은 확실하게 '경쟁'으로 자리잡았다. 2등의 가치는 생각하지 않고 모두들 1등만을 위해 몸부림친다. 반에서 5등을 한 한 중학생이 아파트에서 뛰어내려 어린 나이에 세상을 버렸다. 얼마 전 기말고사를 치른 이 학생은 성적이 기대에 못미치자 "엄마, 이때까지 나 구박한 거 기억나. 형한테는 잘해 줘"라는 말

초등학교 수학시간이 생각 난다.

4학년때인가 가장 친했던 짝과 수학 시험 잘 보기 경쟁을 했었던...

그 어린 나이에 나는 작은 경쟁을 시작했던 것이다.

그때의 경쟁은 내 성적과 친구의 성적을 비교하면서도 함께 공부하며 아이스크림도 먹는,

그야말로 온 몸이 상쾌하고 즐거웠던 경쟁이였다.

그런데 10면이 채 되지 않은 지금, 나와 같이 상쾌한 경쟁을 했던 내 친구들이

즐겁지 않은, 우울한 경쟁을 하고 있다.

얼마전 신문에서는 친구끼리 공책을 빌려주지 않는 일도 흔하고 심지어 친구책을 훔친다는

기사도 볼 수 있다.

배움에 있어 경쟁은 정말 중요하지만 이런것이 진정한 경쟁일까!

초등학교때의 경쟁으로 돌아갈 수는 없지만 여고생인 지금, 가장 소중한 친구들과

가끔 하늘도 보고 바람도 쐬며 진정한 의미의 경쟁을 했으면 좋겠다.

정혜진

을 남겼다.

우리 지역에도 얼마 전 한 여중생이 성적을 비관하여 자살하였다. 전교 2등을 할 만큼 성적이 좋았다는데 기말고사 기간 동안 공부가 잘 되지 않는다며 중압감을 가졌다. 죽기 직전 어머니에게 "엄마, 사랑해요, 미안해요, 행복하세요"라는 문자를 보냈다는데 그 순간의 외로움이 얼마나 가슴에 사무쳤을까. 경쟁으로만 몰아가는 우리 교육은 엄청난 무게로 우리 아이들을 누르고 있다.

우리 교육은 입시로 통하면 이루어지지 않는 것이 없다. 정신적이든 육체적이든 한창 성장기인 우리 아이들에게 과도한 입시 스트레스는 오직 교과서에만 몰두하게 한다. 생각의 폭을 넓히기 위한 폭 넓은 경험은 대학 입학 후로 모두 미루어지고 오직 다른 사람을 이기기 위한 무한 경쟁의 틈바구니에서 살아 남기 위한 기술만 익힌다.

국제중학교도 좋고, 방과후학교도 좋다. 대안학교에서 하는 방법이 아이들에게 어느 정도 효과를 나타내고 있으니 공교육으로 끌어들이려는 노력도 긍정적으로 볼 수 있다. 그런데 이러한 모든 노력이 갈수록 심해지는 경쟁 교육에서 입시를 위한 편법으로 바뀌고 있다. 방과후학교는 지금까지 시행해 왔던 보충수업과 그리 크게 달라 보이지 않는다. 오히려 더욱 강화되고 있는 느낌이다. 각종 특목고가 학부모들에게 크게 환영받는 이유가 무엇일까. 일반 학교보다 대학 진학이 더 유리하다는 판단 때문이 아닌가. 서울대학교 진학률이 1% 더 올라갈 때 그 곳의 집값이 함께 상승한다는 어처구니없는 통계는 무엇인가.

과도한 경쟁은 우리 아이들을 생각이 없는 인간으로 만든다. 더구나 요즘은 내신까지 등급제로 평가하기 때문에 아이들은 조금이라도 더 좋은 석차를 받기 위해 치열하게 공부해야 한다. '죽음의 트라이앵글'이라고 했던 아이들의 눈물어린 유머가 새삼스럽다.

학교는 '만남'이 우선되어야 한다. 교사와 학생, 학부모와 교사들의 '만남'이 '삶'을 위한 것이 되어야 하고 '자유함'을 주기 위한 것이라야 학교는 올바른 교육 현장이 될 수 있다. 교사의 삶이 아이들에게 감동을 주고 그 감동이 아이들의 삶을 변화시키는 것, 이러한 모습을 우리 교육 현장에서도 만날 수 있기를 간절히 바란다. 🔲

5.

꽃술에도
많고 적은 차이가 있으니

김현지

5.
꽃술에도
많고 적은 차이가 있으니

늦깎이 향학열 36.5도

"오늘 하루도 수고하셨습니다. 하루 종일 딱딱한 의자에 앉아 계시느라 많이 힘드셨죠?" 반장인 재숙 씨가 벌떡 일어나 "차려, 경례"를 외치자 우리 반 학생들이 소리 높여 인사를 한다. 학생들이 청소하는 틈에 출석부를 정리하였다. 32명의 학생 중 결석이 4명, 조퇴가 2명이다. "호영 씨가 오늘 안 오셨네요. 혹시 누구 연락받으신 분 없으세요?"

"지난 주에 교통사고가 나서 입원했다고 하던데 아직도 퇴원하지 못했나 봐요."

올해 나이가 쉰 살인 호영 씨는 지금까지 출석 수업 시간에 한 번도 빠진 적이 없었다. 가장 앞자리에 앉아 돋보기를 쓴 채 열심히 수업을 들었는데 오늘은 결석이다.

방송통신고등학교 3학년인 우리 반은 평균 나이가 36.5세이다. 나이가 가장 많은 분이 54세이고, 어린 학생이 스무 살이다. 그래

강정임

도 모두 학교에 오면 18살이 된다. 웃음소리도 높고 장난기 넘치는 얼굴 표정도 그대로이다.

"제 남편은 제가 여기 다니는 줄 몰라요. 알면 큰일이 나요." "그럼 지금까지 어떻게 나오셨어요?"

매번 출석 수업 때면 어디 가느냐고 묻는 남편 따돌리기가 가장 어려웠다며 까르르 웃는 희숙 씨 옆에서 "우리가 얼마나 바쁘게 사는지 한번 말씀드려 봐. 선생님, 방송 수업도 몰래 들어야 해요"라며 순임 씨가 거든다.

방송통신고등학교는 여러 가지 이유로 학업의 기회를 놓친 분들께 배움의 장을 제공하고 있다. 그러나 방송을 통해 강좌를 공부하고 한 달에 두 번 학교에 나와 강의를 듣는 일이 그리 쉽지는 않다. 올해도 신입생들이 4개 학급이나 들어왔다. 나이가 어린 학생들도 간혹 있지만 일반 학생들보다는 많다. 대부분 가정이 있거나 직장에 다니는 여성이다 보니 전과정을 무사히 마치기가 어렵다. 학생들이 소화하기 어려운 교과서와 일반 학교와 동일하게 진행되는 교육과정이 학생들을 많이 힘들게 한다.

"시험 문제 어렵게 내면 큰일 나요. 보고 돌아서면 다 잊어버리는데 뭘." "그래도 젊은 너희들은 낫지. 내 나이가 되어 돋보기 쓰고 공부하려고 해 봐. 그리고 챙겨야 할 일은 좀 많은데. 자식들은 공부 안 해? 걔네들 뒷바라지해야지."

우리 학급에서 가장 나이가 많으신 분의 말씀에 나를 둘러싸고 있던 학생들 모두 일제히 웃음을 터뜨렸다.

"우리 반 나이를 계산해 봤는데 36.5세더라고요. 사람의 체온이 36.5도. 우리 반 나이와 같아요. 아마도 그래서 모두 이렇게 따뜻

하신 분들인가 봐요. 결석하지 마시고 우리 졸업식 때까지 함께 가면 좋겠어요."

"맞아요. 다들 지금까지 잘 해 왔으니 이제 1년, 한 번 더 버텨 봐야죠." 가방을 챙기자마자 부리나케 나가는 학생들 등 뒤로 저녁 어스름이 내리기 시작했다. 창 밖을 보니, 남편에게서 아기를 건네받으며 환하게 웃는 은희 씨의 모습이 싱그럽다.

아름다운 학생들과 함께한 체험학습

아침 10시, 드디어 버스가 출발했다.

오늘은 인천의 영흥도로 체험활동을 가기로 한 날이다. 원래는 9시 30분에 출발하기로 했지만 한 학생이 늦게 오는 바람에 출발이 늦어졌다.

"죄송해요, 선생님. 새벽에 일어나 산에 갔다가 오는 바람에 늦었어요. 제가 없으면 남편은 하루 종일 집에 있을 것 같아 함께 산에 다녀왔어요. 서두른다고 서둘렀는데 그만 이렇게 늦었네요."

애교 섞인 웃음으로 인사를 하는 학생을 향해 우리 반 학생들은 모두 한마디씩 한다. 그러나 누구 하나 질책하는 소리는 없었다.

"대단하네. 정말 착한 아내다. 그 새벽에 산에 갔다가 오는 거야."

반장의 넉넉한 웃음이 버스 안을 가득 채우는 사이 어느새 버스는 외곽 도로를 달리고 있었다.

백진주

우리 반은 방송통신고등학교 학생들이다. 주중에는 열심히 가정생활을 하다가 휴일에 학교에 나와 공부를 한다. 몸은 피곤하고 하루가 다르게 감퇴되는 기억력 때문에 고생을 하지만 교실에만 들어서면 소녀로 되돌아가는 예쁜 학생들이다. 그러나 우리 반 학생들은 밝은 생각과 열심히 살아가는 모습으로 나를 가르치는 스승이기도 하다.

한 달 전, 체험활동을 갈 장소를 정하라는 연락이 왔을 때만 해도 나는 걱정이 앞섰다. 도대체 이들과 함께 어디를 어떻게 가야 하나. 지금까지 10대 학생들만 대하다가 다양한 연령대의 학생들을 대하는 어색함이 아직 가시지 않았기 때문이다.

"체험활동 장소로 어디가 좋을까요? 탁 트인 바다는 어떨까요?"

차를 빌려서 시원한 바다를 보면 좋겠다고 하기에 영흥도를 추천했고 모두들 동의했다.

한 시간 이상을 달린 버스가 마침내 섬에 도착했을 때 학생들의 마음은 어린 시절로 되돌아갔다. 십리포해수욕장 소사나무 그늘 아래 자리를 잡으니 준비해 온 음식이 차례로 나온다.

"벌써 3학년이에요. 왜 이리 빨리 가는지 모르겠어요."

몸은 어른이지만 마음은 10대들과 똑같았다.

"전 공부를 더 하고 싶어요. 꼭 대학 가서 사회복지 계통으로 공부할 거예요. 그런데 성적이 문제죠."

아무래도 10대들과 경쟁하는 것은 자신이 없기에 그만 목소리가 낮아진다.

"아닙니다. 대학 전형 방법에도 사회적 배려라고 해서 특별 전형이 있어요. 열심히 하는 마음이 중요하죠."

"대학은 일주일에 며칠을 학교에 나가나요? 우리처럼 이렇게 나가는지…."

"아무래도 대학은 주간으로 가면 매일 가야죠. 시간표를 잘 조정하면 일주일에 3, 4일 정도 나갈 수 있습니다."

이렇게 말하니 몇 명은 고개를 흔든다. 그렇게 시간을 내기가 어렵다는 것이다. 하지만 다부지게 마음먹는 학생도 있었다.

대화가 끝나기도 전에 몇몇은 양말을 걷어붙이고 바다로 내려간다. 바닷물에 발을 담그고 어린애처럼 신나게 노는 모습이 무척이나 아름다웠다. 천사가 따로 없다. 이런 모습이 바로 천사들의 놀이다. 나도 내려가 푸르디푸른 바다를 마음껏 바라보았다. 내 생애 최고의 아름다운 체험학습이었다. 🔲

나이 든 고3의 마음앓이

"이 대학에 원서를 접수해 볼까요?"

바야흐로 수시의 계절이 돌아왔다. 올해는 고3 담임을 하지 않기 때문에 입시에서 한 발 비켜 있는 줄 알았다. 현재 겸임으로 담임을 맡고 있는 방송통신고 3학년인 우리 반 학생들은 수시 전형에 그리 큰 관심이 없을 줄 알았다. 그런데 비록 나이는 많지만 대학에 가고 싶은 꿈은 일반 학생들 못지않았다.

"저는 대학에 꼭 가고 싶어요. 이 나이가 되도록 공부를 하지 못하다가 이렇게 방송고를 다니면서 고3이 되었는데 대학까지 꼭 가고 싶네요.""저는 공부가 부담이 되어 하기 싫은데 딸이 꼭 가야 된다고 하네요. 어디 갈 데가 없을까요? 집에서 가까운 곳이라면 어디든 좋아요.""제가 나이가 몇인데 전망이 좋은 학과, 뭐 이런 걸 바라겠어요? 그저 공부만 할 수 있다면 좋아요."

30대 후반에서 50대 중반의 나이이지만 모두들 눈빛을 반짝이며

그리운 어린 시절이

난 지금보다 한참 어렸을 때 늘 어른이 되고 싶어했다.
그 때 내게 어른이란 장난감이랑 과자를 사달라고 엄마한테 졸라댈 필요가
없는 사람, 자기가 하고싶은 일은 무엇이든 다 할 수 있는 사람, 학교에 안 가니까
아침 9~10 시까지 실컷 잘 수 있는 사람으로 비춰졌다. 한 마디로 자유로운
사람이었다. (그런데 가끔은 재미있는 만화를 안 보는 이상한 사람들이란 생각도 들었다.)
그래서 마냥 어른을 동경했다. 그런데 요즘은 다시 그 어린 시절이 그립다.
아직 고3 밖에 안됐는데 벌써 나이 먹는 걸 두려워하다니 … 나도 참~
이런저런 이유가 있겠지만, 사실 나는 점점 내 앞에 펼쳐질 미래에 대해
자신감을 잃어가고 있다. 내가 선택할 수 있는 길의 수도 점점 좁아지고 있는 것 같다.
반면에 어릴 땐 두려움이 없었던 것 같다. '의사가 되어야지, 화가가 되어야지,
과학자가 되어야지, 연예인이 되어야지' 등… 그것이 무엇이든지 간에 내가 원하는 것을
자유롭게 꿈꾸었다. 또 나는 어릴 때 매일 밤 자기 전에 두 눈 꼭 감은 채로 무릎을 꿇고
두 손을 모으고 '세일러문이 가지고 다니는 요술봉을 저도 좀 갖게 해주세요.' 하고 빌기도 했다.
저런 식으로 꿈꾸고 원하면 나중엔 뭐든지 다 할 수 있다고 생각했던 때가 엉뚱했던건지
아니면 내 맘이 좋았던건지…
여하튼, 내가 말하고 싶은 것은 지금이 그 때보다 많이 달라져 있다는 것이다. 의사를
꿈꾸고 과학자를 꿈꾸고 세일러문의 요술봉까지 꿈꾸면 당차고 큰 포부를 가진 어릴 적의
나는 사라지고, 한 해 한 해가 가면서 꿈을 꾸는 것에 조차 한계가 생겨버린 나만이
남아있을 뿐이다. 갈림길이 많아졌다는 말이다. 어떤건 신체 조건 때문에 안되고
어떤건 성적 때문에, 어떤건 성격 때문에 등… 어릴 땐 이런게 없었는데! 툭~
결국 이런 것들 때문에 그 어린 시절을 그리워하고 있는 것이다. 내가 읽은 어떤 책에
'지나간 시절을 그리워하고 부러워하는 사람은 현재의 일에 대한 성취감이 없어서
만족하지 못하기 때문이라는 말이 있다. (내가 딱 그 짝이!!)
그러니까 10년 뒤에 또 지금을 부러워하지 않기 위해 하나 하나, 모든것에
최선을 다하도록 해야겠다.
그런데 정말 지금은 10년전의 어린 시절로 돌아가고 싶다!! '순수' 뭐 이런건
벌써 사라진지 오래고, 내년 '고3 수험생 생활이 두렵기도 하고, 무엇보다
언제나 젊고 싶어서~ "지연"

김지연

나를 바라본다. 공부하고 싶은 마음은 한결같구나. 여기저기 대학에 연락해서 정보를 알아내고 밤새 자료를 뒤지고 우리 학생들이 들어갈 수 있는 곳을 찾아 메일을 보내고 휴대폰에 문자를 보냈다.

"선생님, 주위에서 많이 말리더라고요. 지금 제 나이에 젊은 학생들과 똑같이 공부하기에는 무리라면서. 정말 그럴까요? 대학에 합격하면 매일 등교해야 하나요?"

말끝에 가벼운 한숨이 배어 나왔다. 그 속에 계속 공부하고 싶다는 소망이 함께 묻어 나와 평생교육원을 소개하면서도 마음이 가볍지 않았다.

"저는요. 솔직히 등록금이 겁나요. 그래서 고향 근처에 있는 도립대학을 써 볼까 해요."

공부도 열심히 하고, 학교생활에도 적극적인 문용 씨에게 이 근처에 있는 사립대학을 소개했더니 겨우 어려운 사정을 말했다. 성적이 좋아 합격 가능성이 높고, 착하고 심성이 고와 꼭 사회복지 계통으로 진학하면 좋겠다고 적극 추천했지만 어려운 가정 형편으로 고향 근처의 도립대학을 선택해야 한단다. 일반 학생들이 몇 군데씩 원서를 턱턱 쓰는 것과는 다르다.

"언니, 일반 학생들이 대학에 떨어져 우는 심정을 이해할 수 있을 것 같아요. 나, 대학 못가면 어떻게 하지? 꼭 가고 싶은데, 공부 계속하고 싶은데 못 가면 어떻게 해요?"

마음이 여린 우리 반 부반장은 밤새 문용 씨와 이런 말을 주고받았다고 했다. 수시 전형이 시작되면서 우리 반 학생들도 일반 학생들과 똑같이 마음을 앓고 있다. 나이와 관계없이 우리 반도 똑같은 고3이었다. 어려운 사정에도 불구하고 열심히 공부하는 모습에 감동을 받아 더 정성을 기울이게 된다.

"원서 접수는 인터넷으로 해야 해요."

전화 속의 목소리가 갑자기 낮아진다.

"나 인터넷 못하는데…."

"하하하. 걱정 마시고 학교 오세요. 저랑 같이 해요."

그제야 다시 목소리가 밝아진다. 내일은 우리 반 예쁜 학생들과 함께 대학 원서를 접수해야겠다. 우리 반 학생들 모두 합격하면 좋겠다.

이 시 자꾸만 눈물이 나려고 해요

"그래요. 이럴 때는 모두 움직여야 해요. 무대를 가로질러 여기 저기 움직이면서 아주 바쁜 것처럼 보이게 해야죠."

처음 배역을 정할 때에는 서로 안 한다며 몸을 빼더니 막상 연습이 시작되니 모두들 전문배우 뺨친다.

"이 부분에서는 좀 가라앉는 분위기로 읽어야겠다. 그렇죠?"

자기 의견까지 내세워 가며 새로운 아이디어를 더한다.

"우리 이왕 하는 거 열심히, 재미있게 해 보자고요."

반장은 반장대로 목소리를 높이고, 뒤에서 몸을 빼던 사람들도 모두 앞으로 나와 우르르 몰려다닌다.

오는 19일은 방송고 학생들의 축제이다.

그러나 학생들이 학교에 나올 수 있는 날이 별로 없고 더구나 모두 직장이나 가정 일로 바쁜 사람들이라 따로 시간을 내기도 어렵다. 그러니 축제 준비를 한다는 것은 아주 힘들 수밖에 없다. 자칫

남의 잔치 자리에 나간 구경꾼처럼 될 수도 있었다.

"우리 반은 모두 할 수 있는 것으로 한 번 해봐요. 선생님. 뭐 좋은 것 없을까요?"

한 달 전, 반장이 진지하게 묻기에 모두의 의견을 들어 보았다. 방송고 학생들은 대부분이 어렵게 살아와서 그런지 적극적으로 나서지 않는 편이다. 재능이 많지만 밖으로 꺼내는 것을 참 어려워한다. 종례 시간에 의견을 물어 보아도 모두들 묵묵부답이다.

"그러면 우리, 공동 시를 써 보고 그것을 낭송해 볼까요?"

그제야 빙긋이 웃으며 관심을 보인다.

"시 낭송요? 그건 한두 사람이 하는 것 아닌가요?"

"아니, 우리 반 모두가 해야 해요. 나중에 모두들 무대에 올라가야 하구요."

전혀 감이 잡히지 않은가 보다. 칸타스토리아라고 하여 공동창작한 시를 약간의 연극적 요소를 결합하여 낭송하는 수업방식인데 10대 아이들이라면 모두들 재미있어 하고 산뜻한 아이디어를 내겠지만 나이 많은 학생들을 상대로 이런 수업을 한다는 것이 조금 걱정이 되었다. 하지만 오늘 모두들 재미있어 하며 하는 모습을 보니 축제일의 공연도 멋지게 이루어질 것 같다. 이미 자서전 쓰기도 멋지게 해낸 학생들 아닌가.

"이 시(詩) 자꾸 눈물이 나려고 해요."

"그럼요. 우리 모두의 시니까요. 우리 모두의 이야기를 담아 낸 것이니까 자기 얘기 같죠."

"우리 선생님은 왜, 우리한테 자꾸 어려운 것만 시키세요?"

"내 말이 그 말이라니까…. 그런데도 자꾸만 아니라고 하시지."

교실이 웃음바다로 변하는 것은 시간문제이다.

"자, 자, 우리 한 번 더 연습해 보죠. 그날 끝나고 삼겹살에 소주 한 잔 내가 산다."

"좋아요. 선생님이 소주 사신단다. 자 열심히 해보자고."

다시 모두들 교실 앞으로 나온다. 다른 반 학생들이 창으로 들여다본다. 갑자기 추워진 가을 날씨가 시원하게만 느껴지는 것은 우리 반 학생들의 젊은 열정 때문이다.

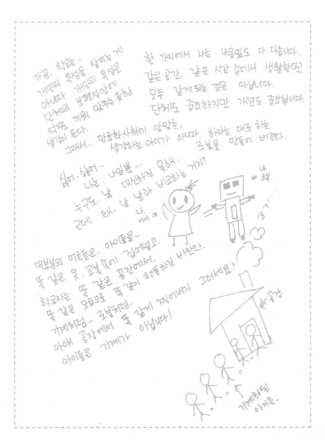

가공, 하교는 -
개인의 특성을 살리는 게
아니라 개인의 특성을
단계의 날편성안에
억지로 깨워 맞추는 듯하
생각이 든다.
그래서.. 많교하사회에 않맞는
생각하는 아이가 아니라, 하라는 대로 하는
로봇을 만들어 버린다.

싫어, 싫어...
나는, 나일뿐...
누구도, 날 대신하게 못해.
근데 왜, 날 남과 비교하는 거지?

한 가지에서 나는 나뭇잎도 다 다릅니다.
같은 공간, 같은 시간 뭐에서 생활한다고
모두 같게되는 것은 아닙니다.
단체도 중요하지만 개면도 중요합니다.

대부분의 어른들은, 아이들을..
똑 같은 옷, 교복 푹이 집어넣고,
하교라는 똑 같은 공간에서.
똑 같은 모음으로 똑 같이 행동하게 바란다.
아예 공장에서 똑 같게 찍어내서 그러세요?
아이들은 기계가 아닙니다!

박주은

학생이라서 행복해요

　오늘은 방송통신고등학교 출석수업일이다. 매달 1, 3주 일요일은 학생들이 학교에 나와서 수업을 하며 그 동안 방송을 통해 공부했던 내용을 확인하는 날이다. 이날은 모두 나이와 관계없이 열여덟 살 여고생으로 돌아간다. 아침 일찍, 교실에 들어가는 학생들의 걸음걸이에 생기가 넘친다. 어린 10대들의 교실과는 또 다른 느낌이다.

　'독서' 과목을 맡아 꼭 읽어야 할 책을 소개하며 책에 대한 이야기를 하다가 2학기에는 '자서전 쓰기'를 하고 있다. 교재에 나온 내용을 단순하게 반복하기보다는 자기 인생길을 되돌아보면서 삶을 더욱 알차게 꾸며 보자는 의도였다. 진지한 학생들의 모습에서 더 감동을 받는 것을 보면 방송고 수업이야말로 '교학상장(敎學相長)'의 모범이 될 수도 있겠다는 생각이 든다.

　"오늘은 우리의 청·장년기를 써 볼 거예요. 우리가 첫 시간에 시대 구분한 연대표에 보면 2기라고 편의상 나눈 시기가 됩니다. 자, 일단 이 시기의 제목을 붙여 볼까요? 멋지게 붙여 보시고 그 이유도 써 보세요."

학생들은 이미 인쇄가 된 양식에 맞춰 또박또박 글을 써 나가기 시작했다.

"모두 작가 같으세요. 이제 그럼 본격적으로 써 보실까요? 오늘은 집중이 잘 되도록 피아노 음악을 준비했습니다."

유키 구라모토의 아름다운 연주가 교실에 가득 퍼져 나갔다. 창으로 들어오는 가을 햇살이 반짝 빛났다. 어느새 교실은 고요해지고 학생들은 모두 자신의 과거 속으로 빠져 들어갔다.

갑자기 이상한 소리가 들렸다. 어린 시절을 생각하다 보니 도저히 울음을 참을 수 없었나 보다. 눈물은 쉽게 전염이 된다. 다들 눈가가 벌겋다.

"울지 마. 아직 살아야 할 시간이 더 많아. 힘내."

반장 언니(학생들끼리는 나이에 따라 언니, 동생이라는 호칭을 사용하고 교사는 학생들 이름 뒤에 '씨' 라는 호칭을 붙인다)의 따뜻한 말에 오히려 울음은 더 커졌다. 울고 싶은 때는 그냥 울어야 한다. 그래야 응어리가 풀리지. 그냥 두라고 했더니 모두들 글을 쓰다 말고는 젖은 눈으로 바라보았다.

"반장 언니, 꼭 엄마 같네요."

"선생님이 책임지세요. 왜 울리세요."

젖은 눈 속에 웃음이 머물렀다. 다시 학생들은 머리는 숙이고 열심히 써 내려갔다. 처음 준 원고지보다 더 많이 가져 가고도 모자라 더 가져 가야겠다는 학생도 생겼다. 어떤 학생은 자기 아이와 함께 써 보겠다며 더 가져 가기도 했다.

"선생님, 참 행복해요."

다 쓰고 난 후에도 혼자 생각에 잠겨 있던 학생 하나가 나를 보더니 이렇게 말했다.

"학교에 나오고, 글도 쓰고, 음악도 들으니 참 좋아요. 집에 있어 보세요. 어디 이런 시간이 가능한가."

얼굴에는 행복감이 가득했다. 표정이 참 예뻤다. 다음 시간이면 '자서전 쓰기'의 모든 과정이 끝난다. 사연이 없는 사람이 누구 있겠는가마는 대부분 특별한 사연 하나씩은 다 가지고 있는 학생인지라 오늘 수업이 더 감동적으로 진행될 수 있었다. 오히려 그들이 고마웠다.

드디어 해내다

얼마 전, 축제 때 우리 반 학생들이 칸타스토리아를 한다고 썼다. 그날이 바로 오늘이다. 해낼 수 있을까? 걱정 반, 기대 반. 내 마음이 다 뛰었다. 대충 한두 번 맞추어 본 것으로 무대에 올라갈 수 있을까. 많은 사람들 앞에서 해낼 수 있을까. 기대보다는 걱정이 더 앞섰지만 이제 와서 포기할 수는 없었다.

아침에 가서 준비물을 챙겨 반장에게 가져 가라고 한 뒤 회의에 들어갔다. 방송고는 담임들이 늘 함께할 수 있는 여건이 안 되기 때문에 출석수업 아침 일찍 꼭 회의를 한다. 그래서 그날 할 일은 모두 해야만 원활하게 돌아간다. 더구나 오늘은 축제이기 때문에 교사들이 챙겨야 할 일이 참 많다. 그러나 내 마음은 회의에 집중할 수 없었다. 아침에 일찍 와서 다시 한번 맞춰 본다고 했는데 잘하고 있는지 걱정이었다.

회의를 마치자마자 교실로 뛰어갔다. 아니나 다를까 몇 사람밖에 없었다. 아침 일찍 와서 준비하겠노라고 하더니 그게 말처럼 쉽지 않았나 보다. 영숙 역을 담당한 두 사람과 연출을 맡은 반장, 그리고 아가 역을 맡은 총무 정도가 대본을 보며 맞추고 있었다. 그래서 우선 우리 반 의자를 체육관으로 옮겨 놓은 뒤 다시 만나기로 했다. 그 틈에 나는 오늘 쓸 음반을 가지고 왔다.

"한번 맞춰 봅시다."

반장이 한마디 하니 모두들 적극적으로 호응을 한다. 그 사이에 몇 사람이 더 왔다. 이제 대충 구색은 갖출 수 있을 것 같았다.

"어제 일부러 문자 다 보냈는데…."

반장은 내내 아쉬운 표정이다. 하지만 이 정도의 인원이라도 진행은 할 수 있을 것 같았다.

축제는 시작되었고 우리 반 차례는 네 번째였다. '조금 늦게 하면 다시 한번 맞춰 볼 수도 있을 텐데' 하는 마음이 들었지만 좌석을 훑어 보니 어느새 모두 와 있었다. 배역에 대해서 나름대로 고민들을 많이 한 것 같았다.

"이 이야기가 어쩌면 그대로 내 얘기일까."

한 사람이 이렇게 말을 꺼내면 모두들 서로 자기 얘기라고 난리다. 교장 역을 맡은 언니는 옷까지 교장 선생님처럼 입고 왔다.

"다음은 3학년 4반의 칸타스토리아입니다. 내용은 공개를 하지 않아 저도 잘 모르겠습니다. 자, 기대됩니다. 박수로 환영합시다."

사회자의 안내 발언이 있은 뒤 무대는 정적이 흘렀다. 하나, 둘, 셋…. 사람들의 호기심이 길어질 무렵 첫 대사가 시작되었다.

"야, 대체 일요일마다 어딜 그렇게 가는 거야?"

굵직한 목소리가 가득 울려 퍼졌다. 안 한다고 그렇게 뒤로 빼더

니 남편의 넥타이와 분장도구까지 가지고 왔다고 했다. 관중들의
웃음과 눈물이 한데 어우러졌다.

"함께 꾸면 꿈은 이루어집니다."

마지막 대사가 끝나자 기립박수가 터졌다. 드디어 해냈다. 우리
반 학생들이 드디어 해낸 것이다. 나도 뜨겁게 박수를 쳤다. 우리 반
학생들의 얼굴에 퍼지는 행복감이 체육관을 가득 메웠다. 꿈틀